elefanti bestseller

Dello stesso autore in edizione Garzanti:

Tutti giù per terra
Paso doble
Bla bla bla
Ambarabà
A spasso con Anselm
Liberi tutti, quasi
Il paese delle meraviglie

Giuseppe Culicchia

Un'estate al mare

Garzanti

Prima edizione: maggio 2007
Prima ristampa: giugno 2007
Seconda ristampa: settembre 2007
Prima edizione negli Elefanti Bestseller: aprile 2009

Visita www.InfiniteStorie.it
Il grande portale del romanzo

ISBN 978-88-11-68134-2

Printed in Italy

www.garzantilibri.it

UN'ESTATE AL MARE

Grazie a Barbara: di tutto e per sempre. A Francesco e Elisabetta. A Fabrizio e Graziano. A Gianandrea e Gianluca e Luciano. A Marilena. A Peppe e soci. E come sempre a Walter, Ada, Pier Vittorio. Un grazie particolare a Nuzzo.

A Barbara

«L'Italia, senza la Sicilia, non lascia alcuna immagine nell'anima. Qui comincia tutto.»
Johann Wolfgang Goethe, *Viaggio in Italia*

«Dov'è la vittoria?»
Goffredo Mameli, *Fratelli d'Italia*

«Faccela vede'/faccela tocca'»
I Campioni del mondo al ministro Giovanna Melandri
(negli spogliatoi dell'Olympia Stadion,
Berlino, 11 luglio 2006)

ZERO

Succede sull'aereo.

Siamo in volo sopra il Mediterraneo, da qualche parte tra Roma e Palermo, e mentre guardo il mare fuori dal finestrino, quel mare che di qui a pochi decenni avrà inghiottito chissà quante isole in tutto il mondo e milioni di chilometri di costa, lei a un tratto mi tocca un braccio. Io mi volto. La guardo con aria interrogativa. Si toglie le cuffie dell'iPod. Mi dice qualcosa. D'istinto, aggrotto le sopracciglia. Lei allora toglie le cuffie dell'iPod anche a me, zittendo all'istante Madonna, e ripete la frase che mi sembrava di averle letto sulle labbra.

«Ricordati che me l'hai promesso.»

«Promesso? Io?» le chiedo, anche se so benissimo a cosa si riferisce.

«L'altra sera, dopo la cerimonia.»

«Avevo bevuto. Non ricordo.»

«Non fare il furbo.» Sorride, mettendo su subito dopo quel suo adorabile broncio.

Mi arrendo. «Che cosa ti ho promesso?»

«Che in Sicilia faremo un figlio.»

Dice proprio così: *Che in Sicilia faremo un figlio.* E, in quel momento, iniziamo la discesa.

UNO

«Tu che dici? Come finirà?»
«Come finirà che cosa?»
«Come finirà questa storia?»
«Quale storia?»
«La *nostra* storia.»
«La nostra *storia*?» mi fa lei, abbassando le spalline bianche del bikini. «E la chiami tipo *storia*?»
Le sorrido. La adoro, quando fa così.
«Perché, scusa? Quale parola dovrei usare?»
«Mah, fai un po' tu.»
«Dài, dimmi.»
«Be', mi pare forzato... mica stiamo parlando di una robetta così. Forse una parola sola non basta. Forse ce ne vogliono di più. Forse dovresti dire qualcosa tipo "il Grande Amore della Nostra Vita". E tutto con le maiuscole, non credi?»
«Be', sì. Hai ragione, in effetti.»
Mi alzo a sedere sul lettino blu. La guardo. I lunghi capelli bruni. Le lunghe braccia sottili. Le lunghe gambe affusolate. Per non parlare degli alluci: davvero lunghissimi, e staccati almeno due centimetri dalle altre dita dei piedi. Siamo in Sicilia da appena un paio di giorni e lei, al contrario di me, si sta già abbronzando.
«Ora, a parte il fatto che ci siamo sposati sabato scorso e siamo qui in viaggio di nozze, anche perché alle

Mauritius, Seychelles e Maldive sono già stata e volevo tipo conoscere i luoghi della tua infanzia di cui praticamente non mi hai ancora parlato, tu e io stiamo insieme da sei mesi, Luca. Dico, *sei mesi.* Non so se ti rendi conto: mezzo anno. È troppissimo. Conosci per caso una coppia che stia insieme da così tanto?»

«Fammi pensare.»

Il caldo naturalmente è record, e la spiaggia ovviamente brucia. In compenso c'è poca gente. Siamo a fine giugno e la maggior parte dei bipedi non è ancora in vacanza.

«Allora?»

«Be', ci sono...» esito. «Alfredo e Susanna. Loro stanno insieme da mezzo secolo, più o meno.»

«Sì, ma Alfredo e Susanna sono i miei nonni, tesoro. E i nonni non valgono. Trovami qualche unione di lunga durata tra quelli della nostra età, *please.* A parte il fatto che io di anni ne ho appena trentuno, e tu già quaranta.»

«Vabbè, poi passano.»

«Tra l'altro sai che cosa voglio in regalo per i miei trentadue.»

«No che non lo so.»

«Sì che lo sai. Dato che ora ci stiamo togliendo la Sicilia della tua infanzia, voglio, anzi, pretendo, no, *esigo* un viaggio stramegasuper in Laos, Vietnam e Cambogia.»

«La Cambogia pullula di mine antiuomo.»

«Fatti tuoi, io sono una ragazza.»

«E in Vietnam c'è la Sars.»

«Cos'è? Un'alga tossica?»

«Oh mio dio.»

«Se è un'alga tossica non mi tange. Basta e avanza fare un po' d'attenzione quando si fa il bagno.»

«Non è un'alga tossica, è l'influenza aviaria. Ma non li leggi i giornali?»

«No che non li leggo. Lo sai. Il maniaco dei giornali sei tu.»

«Già. Allora sappi che *potenzialmente l'aviaria ha già fatto milioni di morti.*»

«Che vuol dire potenzialmente l'aviaria ha già fatto milioni di morti?» sbotta lei, rigirandosi sul lettino blu e lanciandomi un'occhiata da dietro i suoi Gucci a fascia. Almeno credo: oltre che a fascia sono anche a specchio.

«Vuol dire che nei mesi scorsi si prevedevano milioni di morti, e che anche se per il momento non ci sono ancora stati, questo non ci autorizza ad abbassare la guardia. Forse non te ne sei accorta, ma la gente non mangia più polli. In generale, evita tutto ciò che vola: quaglie, fagiani, pterodattili. Inoltre si tiene alla larga dai ristoranti cinesi, e sta attenta anche alle uova.»

Si alza i Gucci. Mi fissa con un'aria divertita.

«Ma quanti morti ci sono stati, finora?»

«Ehm... la cifra esatta... non è nota», farfuglio.

«Più o meno», insiste lei.

«Non conosco gli ultimi dati ufficiali», abbozzo, stringendomi nelle spalle.

«Centomila? Diecimila? Mille?»

«Che io sappia...» esito.

«Che tu sappia?»

«Due morti. No, aspetta, sei. Diciamo una ventina tra Corea, Cina e Vietnam, insomma. Non ricordo esattamente. Il Laos comunque è lì a due passi. E se non sbaglio c'è stata anche una vittima in Turchia.»

Lei allora afferra la crema solare che tiene nella borsa di paglia, e prende a spalmarsi le gambe partendo proprio dagli alluci. Da quei suoi alluci smisurati. Non posso fare a meno di fissarli. Dopo sei mesi non mi ci sono ancora abituato.

«Smettila», mi fa lei.

«Smettila che?»

«Smettila di fissarmi gli alluci.»

«Sai una cosa?»

«Cosa?»

«Mi ricordano i pollici di Uma Thurman in quel film dov'era vestita da cow-boy.»

Benedetta non mi degna di risposta e passa a spalmarsi le caviglie sottili. Dio, quanto mi piace.

«Comunque prima o poi la Turchia entrerà in Europa, quindi è lecito affermare che l'epidemia è già arrivata fin qua.»

«Tu sei troppo paranoico», scuote la testa lei. «Anzi, paranoico-ipocondriaco. Se per caso senti un dolorino al braccio, pensi di essere sull'orlo dell'infarto anche se il braccio è quello destro. Se ti viene il mal di testa, credi di avere un tumore al cervello. E se per caso non digerisci, ti convinci di avere un cancro allo stomaco.»

«Non sono paranoico-ipocondriaco.»

«Sì che lo sei.»

«Nossignora. Sono realista. Infarto e cancro sono le prime cause di morte, dai quarant'anni in poi.»

Tocco istintivamente il ferro dell'ombrellone. Di fronte a noi, la distesa azzurra del mare sembra eternamente uguale a sé stessa. Non fosse per il trillare dei telefoni cellulari che risuona lungo tutta la spiaggia, potrebbe essere l'estate di venticinque anni fa. Ma i telefoni cellulari trillano. Come la voce di Benedetta.

«Allora: secondo te, se non ricordo male, dietro l'attentato alle Torri Gemelle c'è tipo quel coso, il... governo-ombra degli Stati Uniti.»

«Be', vorrei vedere. Le guerre in Medio Oriente sono una vera e propria manna dal cielo per quello che perfino Eisenhower, uno che non era precisamente san Francesco, chiamava l'apparato industriale-militare americano: a cominciare da Cheney con la sua Hallyburton. E poi per i petrolieri, ossia per la famiglia Bush e i suoi soci in affari, terrorizzati dall'avanzata dei cinesi. Ora mi dirai che non hai idea di chi sia Cheney, giusto?»

«Bravo. Ma guarda che tanto è tutto un gioco. C'è chi si diverte a bombardare l'Iraq e chi preferisce fare shopping. Per quanto mi riguarda, non ho dubbi. E ti assicuro che si vive benissimo anche senza avere idea di chi sia quell'altro, com'è che si chiama? Eisepower?»

«Eisenhower, cara, Eisenhower. Scommetto però che il nome Bush ti dice qualcosa. Nel caso, sappi che non mi riferisco a Kate, quell'inglesina che negli anni Ottanta si esibiva conciata da geisha.»

«Cretino.»

«Vai avanti.»

«Poi... vediamo... ah, già: sei convinto che dietro gli ultimi trent'anni di storia italiana ci sia troppo quell'altra roba, la Cia.»

«No, non dietro gli ultimi trent'anni. Dietro gli ultimi sessanta. E con la Cia c'è anche il Mossad. Moro, per dire, era scomodo agli americani ma anche agli israeliani, perché voleva il dialogo con i comunisti ed era filo-arabo.»

«Vabbè, ti dico francamente che a me tutto 'sto antiquariato non mi fa un plissé. Ma cos'è? Ore dieci lezioncina di preistoria?»

«Guarda che tu avevi tre anni quando Moro è stato ammazzato. Quindi proprio una ragazzina non sei.»

Mi fa una boccaccia. Incantevole.

«Sta di fatto che vedi complotti dappertutto e perciò rassegnati: sei uno straparanoico totale. Basta vedere in quanti pezzettini riduci le ricevute del bancomat e della carta di credito.»

«È pieno di gente che sguazza nella spazzatura in cerca di dati personali. In genere malavitosi rumeni. Una volta che se ne impadroniscono, ti svuotano il conto corrente. Senza contare che possono commettere illeciti usando la tua identità, dalla pedopornografia in rete, al riciclaggio di denaro sporco, al commercio di ordigni nucleari.»

«Ma ti sembra sano tipo dividere i pezzettini in quattro mucchietti per buttarli in quattro diversi cestini dei rifiuti?»

«In effetti sarebbe più sano buttarli in quattro diversi tombini, ci pensavo proprio stamattina a colazione.»

Lei continua a spalmarsi crema solare sugli arti inferiori. Dai polpacci sta risalendo alle ginocchia. Dato che ci divertiamo, decido di non darle tregua.

«Non hanno forse ciucciato un pacco di soldi dal bancomat alla tua migliore amica? Quella che a Milano lavora per Armani, con quel ridicolo nome hawaiano... Com'è che si chiama?» le chiedo.

«Vuoi dire Tarita?»

«Lei.»

«Sì, ma solo perché c'era una telecamera nascosta che l'ha ripresa mentre digitava il codice PIN.»

«Esatto. Una telecamera nascosta che l'ha ripresa mentre digitava il codice PIN. Ti rendi conto? E io sarei paranoico!»

«E quando a Natale abbiamo fatto il nostro primo viaggio da fidanzatini a Mosca e San Pietroburgo e al ritorno, prima di passare i controlli di frontiera, hai scoperto che mi ero tenuta per ricordo quella moneta da un rublo con la falce e il martello e me l'hai fatta buttare nel water?»

«La legge russa parla chiaro: esportare all'estero valuta di quel Paese è vietato. Vie-ta-to.»

«Ma era un'unica moneta da un rublo! Oltretutto *fuori corso*!»

«Tu non hai idea di quello che può capitarti, se per caso finisci tra le mani della polizia russa. Sono peggio della mafia russa. Se ti perdi per strada, in Russia, l'ultima cosa da fare è chiedere informazioni a un poliziotto russo.»

«E quando a febbraio siamo stati al carnevale di Rio e ti sei tipo convinto che eravamo troppo seguiti da un numero imprecisato di brasiliani?»

«Non mi sono convinto. Eravamo effettivamente seguiti da un numero imprecisato di brasiliani.»

«Ma il carnevale di Rio lo fanno in Brasile! È stranormale ritrovarsi alle spalle un numero imprecisato di brasiliani! È pienissimo di brasiliani dappertutto, il Brasile!»

«In Brasile quelli come noi vivono in comunità separate, dietro mura sorvegliate da guardie armate e telecamere a circuito chiuso. Hai presente Los Angeles? Johannesburg? Padova?»

«Fatto sta che brutti incontri zero, a parte quel gruppo di puttanieri italiani che in albergo a colazione si vantavano delle loro imprese con le *garotas de programa*, o come cavolo si chiamano quelle prostitute bambine», mi fa lei, spalmando con più foga.

«Non ci hanno rapinati per puro caso, in Brasile.»

«Al supermercato perdiamo *ore*, perché tu ogni volta ti metti a leggere invasatissimo tutte le etichette dei cibi che compriamo per controllare se usano ingredienti geneticamente modificati.»

«E certo. Mica voglio mettere al mondo una figlia fucsia con le branchie verdi e la coda viola.»

Benedetta interrompe l'opera di spalmatura e alza la testa. Mi sorride.

«Ci pensi?» mi fa.

«A cosa?»

«A quella cosa lì.»

«Quale cosa?»

«Alla figlia fucsia con le branchie verdi e la coda viola.»

«Be', sì. Anche se spero che quando verrà il momento non sbucherà fuori proprio così.»

«E quando verrà il momento sarai felice?»

«Come no.»

«Sicuro?»

«Sicuro.»

«Sicuro sicuro?»

«Sicurissimo.»

«Comunque», mi fa soddisfatta, ricominciando a spalmare, «se non sbaglio stavamo parlando di quante coppie conosciamo che stiano insieme da almeno sei mesi.»

«Ah, già.»

«E quante ne conosciamo?»

Attacca le cosce.

«Allora?» incalza.

«Ci sto pensando.» Sento il trillo del cellulare che uso per comunicare con mia madre. Lo ignoro.

«Va bene, se vuoi ti informo io.»

La osservo mentre continua a spalmare.

«Nemmeno una», precisa.

La osservo mentre continua a spalmare.

«Non una», sottolinea.

La osservo mentre continua a spalmare.

«Nessuna», ribadisce.

La osservo mentre continua a spalmare.

«Sono troppo tutti lì a prendersi e a mollarsi tipo di continuo, amiche e amici tuoi e amiche e amici miei. Solo che finché hai vent'anni questa caccia perenne può anche essere divertente, ma dai trenta in su diventa un lavoro, sei sempre strainansia su come passare la serata, ti viene l'ossessione di conoscere la persona giusta, con cui avere la storia giusta, che poi giusta non è mai. E invece...»

«E invece?» le chiedo, consapevole del mare che di fronte a noi si confonde col cielo, carico di ricordi.

«E invece la nostra storia non è una *storia.* È il Grande Amore della Nostra Vita. Tutto con le maiuscole. Perciò ho la risposta alla tua domanda.»

«Quale domanda?»

«Non ricordi? Poco fa mi hai chiesto come finirà tra noi.»

«Già», le dico, guardandola nei Gucci e vedendo la mia immagine riflessa. Stasera devo ricordarmi di controllare se per caso ho perso qualche capello sulla nuca. «Come finirà?»

E lei allora mi fa: «È semplicissimo. Tre giorni fa l'abbiamo stragiurato scambiandoci questi anelli davanti a Dio. Non finirà. Stop».

DUE

Le spiagge, a Marsala, si stendono per chilometri e chilometri lungo la costa profumata d'Africa dove comincia l'Italia. Tra la fine degli anni Sessanta e la metà dei Settanta, quando mio padre era di base qui, al 37° Stormo dell'Aeronautica Militare, si andava a Marinella, il lido poco oltre la caserma dipinta di verde del Gruppo Radar. Oggi, sulla facciata bianca del più antico stabilimento balneare marsalese, ormai chiuso al pubblico, c'è scritto a grosse lettere blu LEGA NAVALE ITALIANA. L'acqua a Marinella era particolarmente bassa e calda, l'ideale per portarci i bambini. E senz'altro per il momento lo è ancora, perché lì inizia la zona dello Stagnone, con le saline e i mulini a vento e l'isola di Mozia, dove da ragazzino arrivavo percorrendo a piedi scalzi con papà la strada punica costruita sotto il pelo dell'acqua dai primi abitanti del posto. Oltre Mozia, l'Isola Lunga si srotola nel mare come la lingua di un drago assetato, o comunque così mi piaceva pensare allora. E poi, più lontane ma all'apparenza molto vicine, se non altro nei rari giorni di calma piatta quando non soffiano né lo scirocco né il maestrale, le Egadi: dove una volta l'anno, intorno a Ferragosto, ci portava in barca a vela il colonnello Rallo con i suoi baffoni brizzolati.

Già all'epoca tutti andavano pazzi per Favignana e le

sue cale, la Rossa e l'Azzurra. Lì Vittorio Gassman aveva fondato il suo leggendario Villaggio, salvo poi ritirarsi in buon ordine perché, si sussurrava, la sua presenza aveva *siddiato* certi mafiosi locali. I nuotatori più esperti, e soprattutto i proprietari di barca come il colonnello Rallo con i suoi baffoni brizzolati, preferivano però la selvaggia Marettimo, totalmente priva di spiagge o di cale ma provvista di splendidi fondali. Io c'ero stato un'unica volta con i miei, e mi ero subito preso uno spiacevole disturbo intestinale a causa dell'acqua potabile: che in realtà, avevo intuito, doveva essere potabile solo per gli isolani. Mai più messo piede a Marettimo, dopo quei tre giorni trascorsi piegato sulla turca della casa di pescatori affittata da papà per l'occasione. E tutto sommato nemmeno molte gite a Favignana. Perché la nostra isola preferita era la piccolissima Levanzo, con quella manciata di case come scatole bianche sotto il sole, la villa nobiliare che, circondata da palme e buganvillee, dominava l'azzurro lancinante del porto e la pineta nera e fresca sopra la bollente spianata gialla di Cala Minnola, dove un'estate di trent'anni fa, malgrado il terrore per l'acqua instillatomi da mia madre, imparai davvero a nuotare. Ricordo, reduce dalla prima puntata al largo, il mio orgoglio sconfinato. Subito ridimensionato da mio padre, che fingendo di leggere il «Corriere della Sera» non mi aveva perso d'occhio neppure per un istante, e però aveva liquidato l'eroica impresa con un'asciutta constatazione: *era ora.*

Lui, maggiore dell'Aeronautica e pilota di caccia a reazione, era per me un modello irraggiungibile. Il suo motto: nella vita bisogna sempre tenere la schiena dritta. Per la verità, non gliel'ho mai sentito dire. L'ho semplicemente dedotto da come si comportava. Della vita di caserma aveva portato in casa il rispetto per l'ordine e la puntualità assoluta, due cose che hanno complicato non poco la vita di mamma, eterna sbadata, capace ad esempio di riporre in frigorifero le scarpe del marito. Mio padre, severo come sanno esserlo solo certi vecchi professori di ginnasio e certi militari di carriera, non mi ha mai dato un ceffone. Nemmeno quando in terza elementare ebbi un periodo piuttosto lungo in cui stentavo a instaurare un rapporto fruttuoso con la matematica, e contrariamente al solito nelle pagelle del primo e del secondo trimestre la consueta teoria di otto e di nove venne interrotta da ben due sei consecutivi. No, lui non aveva alcuna necessità di ricorrere alle mani. Per farmi rigare dritto gli bastava uno sguardo. Ospite il sabato sera insieme con i miei a casa di amici, ossia di colleghi dell'Aeronautica, rifiutavo con un *no grazie* ogni offerta di bibite o gelati o dolci di mandorla per almeno tre volte. Solo se l'offerta veniva ripetuta una quarta volta sapevo di potermi voltare verso di lui, che con un cenno impercettibile del capo mi faceva capire che mi era consentito accettare. Perfino il colonnello Rallo con i suoi baffoni brizzolati diceva allora che ero un bambino fin troppo beneducato. Il maggiore Bianco a quel punto ribatteva che i bambini sono beneducati oppure non lo sono.

Già allora mio padre apparteneva a un altro mondo. Un mondo che, esattamente come lui, non tornerà mai più.

TRE

Quando entriamo in centro da Porta Garibaldi, mostro a Benedetta il leone che da secoli spalanca le sue fauci in cima all'arco giallo sotto cui passò con i suoi Mille il condottiero in camicia rossa e blue-jeans, che di lì a poco si sarebbe auto-proclamato Dittatore della Sicilia.

«Che profumo!» trilla lei.

«È il mare», sorrido, indicandole la striscia blu in fondo alla via da dove siamo arrivati. «Si sente fin qua.»

«Lo dici come fosse tipo merito tuo», mi prende in giro lei. «Ma io mi riferivo a un altro genere di profumo.»

«Pane e panelle?» ipotizzo, avvistando il punto da cui sgorgano a ritmi sostenuti le pagnotte farcite con il tradizionale impasto di farina di ceci.

Lei scuote la testa, dopodiché lascia la mia mano e sale di corsa i gradini che portano al mercato dove certi sabati d'estate, finita la scuola, venivo a fare la spesa con mio padre se non era di servizio.

«Attenta!» esclamo. Ma lei non mi dà retta e sparisce oltre la cancellata che si apre nel muro giallo di tufo reso abbagliante dalla luce violenta del sole. Faccio per balzare oltre i gradini, ma un dolore improvviso al ginocchio destro mi impedisce di farlo. È dalla vigilia del nostro matrimonio, la scorsa settimana a Roma, che di tanto in tanto avverto queste fitte. Non promettono niente di buono. All'altare sono arrivato claudicante.

Seguo la consorte all'interno del mercato. E subito, in un signore alto ed elegante che a pochi passi di distanza mi dà le spalle, rivedo mio padre. È un attimo. Ho di nuovo una decina d'anni. Lui, che è venuto fin qui per comprare le melanzane da tagliare a fette, sgrondare col sale e poi friggere per condire la pasta, sta scegliendo quelle più tonde e violacee. Torneremo a casa tra mezz'ora, carichi di roba. Le melanzane finiranno fritte sugli spaghetti con la salsa di pomodoro. Chiudo gli occhi. Mi rivedo a tavola con lui e mia madre. Li riapro. L'uomo alto ed elegante non c'è più.

«Benedetta!» chiamo. Ma per poco, me ne rendo conto, non mi usciva di bocca una parola che non pronuncio da più di venticinque anni. Se non altro qui a Marsala. La prima in assoluto che ho imparato a formulare, quando ancora non ero nemmeno capace di stare in piedi. Una parola che chissà perché mi imbarazza quasi pensare sulla bocca dell'uomo di quarant'anni che sono diventato. *Papà.*

La cosa si ripete da quando siamo arrivati. Tutto qui a Marsala mi ricorda mio padre. La luce di Marsala mi ricorda mio padre. Il profumo di Marsala mi ricorda mio padre. I colori di Marsala mi ricordano mio padre. Il giallo del tufo con cui sono fatte le case di Marsala è lo stesso giallo che mi entrava negli occhi quando accanto a me c'era mio padre. L'azzurro del cielo terso di Marsala è lo stesso azzurro che vedevo sopra di me quando a tenermi per mano era mio padre. E così il blu del mare, il rosa delle bouganvillee, il verde delle palme. Perfino l'aria che respiro e il vento che mi scompiglia i capelli qui a Marsala mi ricordano mio padre, i momenti che ho trascorso con lui. Troppo pochi. Finiti per sempre. La vista mi si annebbia.

Piantala, mi dico. La pianto.

«Benedetta!» chiamo, massaggiandomi il ginocchio stretto nella calca che affolla la zona d'ombra dove si smerciano, accanto a polipi e molluschi, orate e spigole ormai prodotte in serie anche qui negli allevamenti e nutrite con mangimi simili a quelli che stanno all'origine del fenomeno encefalite spongiforme o muccapazza che dir si voglia. Niente.

M'infilo leggermente claudicante nel corridoio sulla destra, dove trionfa l'odore pungente del pecorino siciliano, e controllo le massaie in sosta presso la vetrina del primosale. Nulla da fare. Allora bazzico dalle parti delle specialità sott'olio, tra cui spicca naturalmente il tonno massacrato a Favignana con la relativa bottarga. E poi zaffate d'origano, sarde in salamoia, capperi di Pantelleria. Ma di lei nemmeno l'ombra.

Sento il trillo del cellulare che uso per comunicare con mia madre. Lo recupero.

«Pronto... ciao mamma... sì tutto bene... sto benissimo, grazie... no, non lo tenevo spento... si vede che non c'era campo... ho capito... va bene... certo... sì, stai tranquilla... non preoccuparti... va bene... sì, te la saluto... ciao.» Chiudo la comunicazione. «Benedetta!» chiamo. Macché.

Torno rapidamente sui miei passi, attraverso il corridoio centrale adocchiando un pesce spada, mi spingo tra le pentole e gli utensili da cucina in mezzo a torri di scolapasta e bacinelle in plastica colorata ovviamente *made in China*, sbuco nel settore a chiazze verdi, gialle, rosse e viola dove la verdura sfida il caldo. Sudo.

«Benedetta!» chiamo. Inutilmente.

Ecco le melanzane scelte una a una da mio padre. E

poi i meloni che qui chiamano *melloni*. L'uva. I fichi. Le angurie.

«Prego dottore dica», mi apostrofa un tipo grassottello con indosso un grembiule blu.

«No, grazie. Sto cercando mia moglie.»

Mi guardo attorno. Indago tra le donne a caccia di prugne e pomodori. Benedetta non c'è. Torno indietro, mi faccio largo tra i banchi del pesce.

«Benedetta!» chiamo.

«Eccomi!» risponde lei, alle mie spalle.

Faccio una piroetta. Eccola lì, in estasi come santa Teresa. Però non davanti a Nostro Signore, ma a una montagna di ricci.

«Che belli!» strilla entusiasta.

«Vieni via, su», le dico. «Dobbiamo ancora fare colazione.»

«Ma io ho troppissima voglia di pasta coi ricci!» frigna lei.

«Non sono nemmeno le dieci. Non si mangia la pasta coi ricci, a quest'ora.»

«Prego signora dica come la posso servire?» interviene l'uomo dietro il banco, che ha individuato la sua preda.

«Me ne dia... un chilo. No, due.»

E a quel punto mi dico che forse è proprio ora di fare il test.

QUATTRO

«Allora?»

Benedetta tace.

«Si può sapere?»

Silenzio.

«Insomma?»

«Eh, insomma», la sento borbottare dal bagno del bungalow che abbiamo affittato per il mese di luglio in contrada Spagnola, allo Stagnone. Per fortuna i proprietari hanno dotato le finestre di zanzariere: da queste parti girano geki incrociati coi brontosauri.

«Insomma cosa?» insisto.

Esce dal bagno e mi viene incontro nuda nella penombra della lunga stanza dove dalla sera del nostro arrivo dormiamo sonni profondi, malgrado le pareti dipinte di rosso. Sulla sua pelle abbronzata spicca già il segno del costume. In mano tiene la barretta di plastica del test di gravidanza.

«Che dice?»

«Zero.»

«Ma questo non è già il secondo giorno?»

«No, è il primo.»

«Vabbè. Secondo me ci deve essere un errore. Con tutti i piatti di pasta coi ricci che ci siamo divorati questa settimana…»

«Se tu prendi sempre solo quello che prendo io non

è mica colpa mia», mi fa lei afferrando la confezione del test sul comodino in vimini. Estrae il bugiardino e legge ad alta voce:

«Il test è sicuro al novantanove per cento. In certi casi possono tuttavia verificarsi risultati falsi e irregolari, positivi o negativi».

«Ma che vuol dire, scusa?»

«Che il test è sicuro al novantanove per cento. Però in certi casi possono saltar fuori risultati falsi e irregolari…»

«Positivi o negativi», la interrompo. «Questo l'ho capito. Quello che non capisco è come cavolo fanno a scrivere che è sicuro al novantanove per cento se poi funziona come il campionato di calcio italiano, con tanto di risultati falsi e irregolari.»

Lei si stringe nelle spalle con aria perplessa.

«Sarà un test scaduto», dico, tirandomi su a sedere sul letto.

Benedetta controlla la confezione.

«No. Scade a dicembre.»

«Allora è evidente: c'è dietro Moggi. Big Luciano ha colpito ancora. Il risultato *è* falso e irregolare. La partita da ripetere. Non hai un altro test?»

«Questo è già il secondo. Il primo l'ho fatto tipo stamattina alle sette, ma non ti ho svegliato.»

«Ed era negativo anche quello?»

«Negativissimo.» Posa la confezione sul letto supplementare a una piazza accanto al nostro matrimoniale e torna a sdraiarsi al mio fianco.

«Io non ci credo, a questi test», le dico, abbracciandola.

«Mi sa invece che ci devi proprio credere», mi fa lei, un po' abbacchiata. «Quando Tarita c'è rimasta, il suo test era strapositivo.»

«Ne avrà usato uno di un'altra marca. Sarà stato un test milanese. Sai com'è messa la sanità siciliana. No, non lo sai perché tu i giornali non li leggi. Comunque ti assicuro che non è messa proprio bene.»

«Ma no, un test vale l'altro.»

Per qualche istante rimaniamo entrambi in silenzio. Fuori, oltre le persiane chiuse, s'intuisce un gran sole. Da qualche parte c'è un raduno di cicale. Un paio di colombe tubano sui pini. Porto una mano alla nuca, per controllare se per caso sto perdendo capelli. Non mi sembra. Però sarà meglio dare un'occhiata col sistema degli specchi. Se oggi non c'è vento magari potremmo andare sulle isole, mi dico. Alle ragazze di solito piace andare sulle isole. Che faccio? Glielo propongo? Provo.

«Se oggi non c'è vento potremmo andare sulle isole», le dico, sperando che apprezzi la cosa.

Lei invece mi fa: «Sai che c'è?»

«No.»

«C'è che se tipo ha ragione il test e non sono quella roba là, be', mi dispiace. E però sono anche contenta. Perché mi sembra che ora ci tieni anche tu.»

«Certo che ci tengo, stupida.»

«Ma quando ci siamo conosciuti, sei mesi fa, l'idea di avere figli ti spaventava troppissimo, ricordi?»

«Be', sì, ma è normale, no? Tu ne volevi uno subito.»

«Perché eri spaventato? Pensavi che non fossi la donna giusta con cui farli?»

«Ma che dici? Sei perfetta, a parte gli alluci.»

«E allora perché non ti andava nemmeno di parlarne?»

«Perché lo sai come sono fatto, come la penso.»

Lei mi si stringe addosso con le sue lunghe gambe

sode e le sue dolci tette morbide. Qualcosa mi dice che molto probabilmente sto per avere un'erezione.

«Io credevo che non mi ritenessi all'altezza», mi sussurra.

«*All'altezza?* Ma quale altezza?»

«Be', tu leggi tutti quei giornali, io al massimo guardo *Studio Aperto.* So benissimo di sembrare un filo superficiale, sai?»

«Non dire stupidaggini, Benedetta. È solo che...»

«Che?»

«Mah... ho sempre pensato che non fosse un'idea geniale far venire al mondo qualcuno, in un mondo come questo. Che sarà anche il migliore dei mondi possibili, ma oltre a far schifo peggiora a ritmi impressionanti. Nelle nostre città ormai si soffoca. Siamo ancora a giugno e ci sono più di quaranta gradi a Torino, Milano, Roma, Napoli. Mentre il Mediterraneo qua fuori pullula di alghe velenose, pesci palla, meduse e barracuda. Ti rendi conto? Non è normale. Dovrebbero starsene in posti tipo l'Oceano Indiano o il Mar dei Caraibi. Invece non ci si può bagnare nemmeno a Mondello o Spotorno, perché col surriscaldamento del pianeta si surriscaldano anche le acque e le specie esotiche arrivano fin qua. Ma non solo. Perché nel giro di un paio di decenni, al massimo tre, la Groenlandia e il Polo Sud si scioglieranno. E sai che succederà quando la Groenlandia e il Polo Sud andranno in pappa? Be', il livello dei mari si alzerà di venticinque metri. E addio Venezia, Amsterdam, Barcellona, New York, perfino Londra.»

Prendo fiato.

Riattacco: «I prezzi degli immobili da quelle parti crolleranno. Ma questo è niente. Tempo pochi anni, e a causa del grande caldo, l'Europa meridionale si desertificherà come la Libia. Solo che non potremo cercare scampo al Nord, nossignore. Perché i cambiamenti climatici intanto avranno fatto sparire la Corrente del Golfo, di modo che l'Inghilterra, la Scandinavia e perfino la Germania o la Svizzera subiranno un processo di glaciazione. Fino all'altro ieri tutto questo sarebbe stato lo scenario di un film di fantascienza. Be', non lo è più. Siamo a fine corsa. Il futuro è dietro l'angolo. Il pianeta non ce la fa più a sopportarci. Ha deciso di sbarazzarsi di noi. Delle nostre industrie, del nostro inquinamento, delle nostre guerre per il petrolio che intanto si sta esaurendo. Ha fatto la sola scelta possibile, in questi casi. Perché mai dovrebbe permetterci di sopravvivere, noi che lo stiamo uccidendo? Ecco perché mi spaventava l'idea di mettere al mondo dei figli. Molto presto noi umani ci sbraneremo per una tanica di benzina, per una bottiglia d'acqua o anche solo per una scatola di fiammiferi, come succede già nei reality della tivù».

«Quanti pensieri brutti che fai.» Mi si stringe ulteriormente addosso con gambe, tette e tutto. L'erezione non è solo un'ipotesi.

«Oh, ne faccio anche di belli. Vedi?»

«Non vorrei che li facessi, quelli brutti.»

«Mi viene naturale.»

«Tutta colpa dei tuoi giornali.»

«No, non è tutta colpa dei miei giornali.»

«E di cos'altro allora?»

Sospiro. L'erezione si sgonfia.

«Non ti va di parlarne?»

«È una storia vecchia. Preferirei di no.»

Per un po' restiamo di nuovo in silenzio. Non voglio ripensare a quel giorno. Non devo ripensare a quel giorno. Non mi fa bene ripensare a quel giorno. È una vita ormai che evito di pensarci. Una vita che la sera, per riuscire ad addormentarmi senza pensarci, mi obbligo a concentrarmi su cose assurde, ridicole, come ad esempio la politica interna. Poi la sento dire: «Comunque alla fine non mi hai detto perché hai cambiato idea sul fatto di avere figli».

«Ah, non te l'ho detto?»

«No.»

Faccio mente locale. In effetti, non gliel'ho detto.

«Ehm... già...» M'inceppo. Ho veramente cambiato idea sul fatto di avere figli?

«Allora?» insiste lei.

Mi riprendo: «Evidentemente sei stata tu a farmi cambiare idea, Benedetta».

«Io? E come?»

Già, come? Esito.

«Be'... respirando, camminando, ridendo, piangendo, parlando, bevendo, mangiando...»

«Mangiando», mi interrompe lei. «Mangiando...»

«Non dirmelo.»

«Mi sa di sì.»

«E allora a me sa che più tardi andiamo in farmacia e compriamo un altro test, d'accordo?»

«D'accordo. Prima però ho voglia di una pasta coi ricci.»

CINQUE

Il vento alla fine s'è alzato. E anche piuttosto forte. Dato che non sapevo bene cosa mettermi ho impiegato quasi due ore a prepararmi, ma Benedetta non ha detto niente. Mi ha solo lanciato un'occhiata strana quando mi ha sorpreso in bagno intento a controllarmi la nuca col sistema degli specchi, quello grande appeso alla parete di fronte a me e l'altro piccolo che reggevo dietro di me. Comunque, quando alla fine siamo usciti dal nostro bungalow perfino l'acqua solitamente immobile dello Stagnone era increspata da un'infinità di piccole onde bianche. Così abbiamo lasciato perdere le isole, anche perché lei non aveva nemmeno registrato la proposta, e siamo tornati alla stessa spiaggia dell'altro giorno, su cui oggi sventola un'eloquente bandierina rossa. Benedetta ha deciso di ignorare le micro tempeste di sabbia provocate dal maestrale e sdraiata sul suo lettino prende stoicamente il sole. Io sul mio ho resistito per un po' girandomi e rigirandomi di continuo, con la sensazione abbastanza sgradevole che la sabbia che mi entrava negli occhi, nelle orecchie, nel naso e in bocca mi avrebbe presto soffocato, finché lei non mi ha detto: «Perché non vai a bere qualcosa all'ombra? Ho visto che al bar hanno anche la Corona». Così, ora, seduto davanti a una Corona a uno dei tavolini all'ombra del *chiringuito* azzurro, osservo le evoluzioni dei matti esibizionisti che, approfittando della giornata fanno kyte e windsurf di fronte a questo tratto di costa.

Sembra di stare a Malibu, in California. I matti esibizionisti aggrappati ai loro attrezzi colorati fanno la spola tra la spiaggia e l'orizzonte. Fino a un certo punto seguono il percorso segnato nel blu dai puntini gialli delle boe, un lungo braccio di mare interdetto ai bagnanti. Poi, quando le boe finiscono, possono scegliere se continuare i loro numeri al largo o fare dietrofront. I più fuori proseguono, gli altri tornano. Un paio di principianti cascano in acqua ogni volta che devono girare la vela per fare inversione di marcia. Uno, molto giovane, è palesemente in difficoltà quando deve rimettere i piedi sulla tavola e tirare su il triangolo di nylon che giace in mare. A più riprese sembra sul punto di farcela, poi però scivola e finisce nuovamente ad annaspare tra gli spruzzi. Il bagnino e un istruttore lo tengono d'occhio dalla spiaggia. Noto un gommone rosso ancorato a pochi passi dalla riva, evidentemente pronto per un eventuale salvataggio. Al posto del ragazzo lascerei perdere. Lui invece al ventesimo o trentesimo tentativo ce la fa a rimettere in piedi prima sé stesso e poi la vela, e torna a farsi trasportare dal vento confondendosi con gli altri. Tutti del resto indossano l'identico corpetto protettivo e portano gli stessi costumi larghi che scendono fino al ginocchio e sfoggiano i soliti loghi delle marche amate dai surfisti, Bear, RipCurl, Billabong. Distinguerli non è facile. Tranne uno. Un ragazzino alto e magro dai capelli biondi, che contrariamente al resto della compagnia porta un paio di pantaloni scozzesi senza scritte, lunghi fino ai piedi. E che attaccato a quella specie di paracadute che è il suo kyte è il più matto ed esibizionista di tutti: quando la forza del vento lo scaglia fino in cielo si lancia in capriole e giravolte incredibili, catalizzando l'attenzione dell'intera spiaggia trillante di suonerie.

La radio del *chiringuito* trasmette una nenia hip-hop a base di *fuck* e *suck* e *cunt* e *yo.* A un tratto Benedetta si rigira sul lettino in modo da abbronzarsi la schiena. Mi sorride e fa un cenno di saluto. A mia volta le sorrido agitando la destra. Lei allora mima me alle prese con un quotidiano, e scuote stupita la testa, come a dire: perché non leggi? In effetti sulla strada per il mare mi sono fermato a comprare i giornali all'edicola di piazza Mameli, ma quando ho intravisto i titoli sulla nuova partita vinta dalla Nazionale italiana ai Mondiali di Germania m'è passata la voglia: stanotte ho anche fatto fatica a prendere sonno, tra i caroselli di auto e lo strombazzare dei clacson. Mi stringo nelle spalle e allargo le braccia, sconsolato. Dopodiché, lei appoggia il capo sulle braccia conserte. E io torno ad ammirare le acrobazie aeree del ragazzo con i pantaloni scozzesi. Solo che poi sopra la spiaggia sento un rombo familiare.

Alzo gli occhi: due caccia di pattuglia. Devono avere appena lasciato l'aeroporto di Birgi. Sorvolano argentei la striscia di sabbia costellata di ombrelloni scossi dal vento, virando verso il mare aperto. Mi rivedo bambino, mia madre che nel giardino di casa dove sto giocando con i soldatini Atlantic mi indica in cielo l'aereo di papà, appena partito per il quotidiano volo di ricognizione sul precario confine marino che in teoria dovrebbe separare l'Italia dalla Tunisia e le rispettive flotte pescherecce. Rivedo mio padre molti anni più tardi, che da un giorno all'altro inaspettatamente mi chiede di promettergli di non entrare mai a mia volta in Aeronautica. I due jet scompaiono confondendosi con l'orizzonte. L'eco del loro passaggio resta sospeso per qualche istante sopra la spiaggia dove batte la bandierina che segnala il mare agitato. Inforco i miei occhiali da sole.

Cerco di concentrarmi sulle scritte che ornano la bottiglietta di birra sul tavolino. *Corona Extra, la cerveza más fina.* Non sarei dovuto tornare qui. Senza farmi vedere da nessuno, piango.

SEI

«Sappi che se volevi tipo stupirmi con effetti speciali stavolta ci sei riuscito troppissimo», mi fa Benedetta, quando stufa di arrostire al sole raggiunge il mio tavolino all'ombra del *chiringuito* azzurro. «Oh, sii carino! Vammi a prendere una Corona!»

Mi alzo, raggiungo il bar, mi procuro altre due bottigliette di birra con le relative fettine di limone e l'immancabile spolverata di sale, e torno alla base. Brindiamo.

«In che senso, scusa, ti ho stupita?»

«Be', sono due ore che te ne stai qui e non hai ancora aperto i giornali.»

«Ti dirò, mi hanno stufato.»

Lei spalanca gli occhi, sbalordita.

«A te? Il maggior megasuperlettore di giornali nella storia del genere umano? Il maniaco che legge ogni giorno le stesse identiche notizie su enne quotidiani e settimanali? Non ci credo. Non è possibile.»

«Eppure», alzo le sopracciglia e le indico con un cenno del capo la piccola pila di testate intonse.

«Ma che ti succede? Devo preoccuparmi? Si può sapere?»

«Niente», sbadiglio stiracchiandomi sulla sedia di plastica dello stesso azzurro del *chiringuito*. «Assolutamente niente.»

«Ma se da quando ci siamo messi assieme sei sempre stato un lettore di giornali della serie ossessivo-compulsivo?! Certi disturbi comportamentali non spariscono così, in un amen. Ti ricordo che se è vero che non sono tipo una di quelle poverette straprecarizzate con tanto di laurea in psicologia centodieci e lode che per una miseria sputano sangue nei call-center, è anche vero che, prima di lasciare gli studi a metà ed entrare in azienda al fianco di papi in veste di responsabile per l'immagine, un esamino di psicologia messo lì giusto per riempire con qualcosa di poco impegnativo il piano di studi l'ho dato. Tu», mi punta un dito addosso, «mi nascondi qualcosa.»

«E va bene», sospiro. «Confesso: non reggo le vittorie della Nazionale italiana ai Mondiali di calcio.»

Lei per un istante mi guarda interdetta. «A dire la verità credevo che il pallone non ti facesse un plissé. Anzi: non mi dicevi che eri troppissimo contentissimo per questo megascandalo, che così finalmente addio circo?»

«Appunto. Solo che se in Germania la Nazionale continua a vincere finisce che nel giro di qualche settimana quei delinquenti tornano a casa con la Coppa», le spiego. «E poi viene fuori una bella amnistia e chi s'è visto s'è visto, come succede sempre qui da noi in Italia. Guarda come hanno fatto in fretta a dimenticare Tangentopoli.»

Per un po' Benedetta soppesa la questione, sorseggiando la sua Corona. In lontananza, il ragazzo con i lunghi pantaloni scozzesi continua instancabile a fare acrobazie.

«Be'», mi fa, «per quel che ne so papi è stracontento che si siano dimenticati Tangentopoli: per poco non beccavano anche lui.» Poi s'illumina. «Aspetta. Ho troppo trovato la soluzione: basta che salti le pagine dedicate allo sport. Semplice, no?» Sorride. «Me ne ero accorta benissimo che avevi qualcosa che non andava. Sta a vedere che non è convinto del passo che abbiamo fatto, stavo per pensare. Ma non è così, vero?»

«Oh, no.»

«Bravo. Comunque, non voglio che le notizie in arrivo dai Mondiali ti mettano di cattivo umore. Su, leggimi le altre.»

«Leggimi le altre? Ma se a te non te ne importa niente di quello che scrivono i giornali.»

«Da oggi invece sì. Da oggi voglio, anzi, pretendo, no, *esigo* che tutti i giorni mi tieni informata sulle ultime novità. Me lo ripete sempre anche papi, che presto saremo tipo una provincia della Cindia e per il bene dell'azienda è mio dovere aggiornarmi su quello che succede nel mondo. Avanti.»

«Avanti cosa?»

«Leggi!»

Mi avvicina la piccola pila di quotidiani e settimanali.

«Cos'è? Devo farti la rassegna stampa come a mezzanotte su Raitre?»

Annuisce. Afferro un giornale a caso. Leggo.

«Ehm... vediamo... Emergenza rifiuti: Napoli sommersa dalla spazzatura. Nessuno vuole nuovi inceneritori. Si pensa a un piano per lo smaltimento che coinvolga altre regioni... L'estate più calda del secolo: è allarme per bambini e anziani. Aumentano vertiginosamente le vendite di condizionatori e ventilatori... Intercettazioni: coinvolto il management della Juventus. Calciopoli è il più grande scandalo nella storia del calcio a livello mondiale. I vertici del pallone: non ne sapevamo niente... Prodi: il mio governo durerà cinque anni e completerà il mandato. Smentite ipotesi di nuove tasse. All'indomani delle elezioni, primi dissidi nella nuova maggioranza... L'ex premier Silvio Berlusconi intanto non riconosce la sconfitta, parla di brogli e mette in dubbio i risultati delle elezioni: continueremo a ricontare le schede, ha dichiarato... Vladimir Luxuria, l'onorevole transgender: alla Camera userò il bagno delle donne... L'estate di bagaglio selvaggio. Record di bagagli perduti negli aeroporti. Ottocento valigie perse a Milano negli ultimi due mesi... Gabriele Muccino, che aveva fatto la morale all'Italia tutta veline abbronzate e feste pacchiane con il film *Ricordati di me* ed era già diventato ricco e famoso con il film *L'ultimo bacio*, si è fatto sorprendere pochi giorni fa in Sardegna con Elisabetta Canalis, la Principessa delle Veline... » Prendo fiato e mando giù un sorso di birra dando un'occhiata alla foto di Elisabetta Canalis in bikini bianco, spruzzata d'acqua da Gabriele Muccino. In mare il ragazzo con i pantaloni lunghi scozzesi è sparito. «Tu che dici, continuo?»

«Mah», mi fa lei, meditabonda. «Forse per oggi può bastare. Grazie.»

SETTE

Stiamo passeggiando in centro lungo il Cassero, la via piena di negozi che taglia in due la città da Porta Mazara a Porta Nuova, e sto cercando di capire grazie al gioco di specchi di due vetrine se per caso sto perdendo qualche capello sulla nuca quando Benedetta ha un'improvvisa, irrefrenabile voglia di pasta coi ricci. L'unico ristorante nei paraggi è la Trattoria Garibaldi, in piazza dell'Addolorata. Così ci fermiamo lì. Un cameriere in camicia bianca e pantaloni neri ci fa accomodare a uno dei tavoli che occupano per intero la piccola piazza, proprio sotto la chiesa omonima. Visto che sono appena le sette e mezza, credevo saremmo stati soli. Seduta a un altro tavolo, invece, scorgo un'altra coppia, però con pargolo. Data l'ora, deduco che devono essere turisti. Anche perché il bambino non è obeso, al contrario dei suoi coetanei marsalesi.

«Vi porto subito il menù», ci dice il nostro cameriere.

«A me no», lo blocca Benedetta. «So già: una pasta coi ricci, abbondantissima per favore.»

«Una splendida pasta coi ricci abbondantissima per la signora», ripete il cameriere, segnandosi l'ordinazione. «E per lei?» mi fa.

«Uhm... che mi consiglia?»

«Abbiamo un ottimo cous-cous di pesce, signore. Poi le nostre famose busiate al ragù di tonno, un'eccellente pasta fresca con le sarde, dei favolosi spaghetti col sugo di granchio oppure con uno straordinario pesto alla trapanese...»

Mentre il cameriere elenca i primi, all'altro tavolo il bambino attacca a strepitare. La madre cerca di consolarlo. Niente da fare. La donna dice qualcosa all'uomo. Lui afferra sulla tovaglia le chiavi dell'auto, si alza dal suo posto e si allontana.

«Signore?» mi fa il cameriere.

«Una pasta coi ricci anche per me, grazie.»

«Da bere? Posso consigliarvi un divino Donnafugata?»

Guardo Benedetta.

«Se è divino, per me va bene.»

«Allora vada per il Donnafugata», dico. «Grazie.»

«Acqua naturale o gassata?»

Guardo di nuovo Benedetta.

«Niente acqua», decide lei.

Il cameriere si appunta l'ordinazione su un blocchetto e sparisce.

«Ti prego parliamo così mi distraggo», mi supplica Benedetta. «Se non mi portano la mia pasta coi ricci entro due secondi giuro che urlo.»

«No, meglio aspettare. Altrimenti vorrebbe dire che fanno piatti precotti. Ma qui non usa, per quanto ricordo.»

«C'eri già stato?»

«Ci venivo ogni tanto da ragazzino, con i miei.»

«E tipo la pasta coi ricci com'è?»

«Non ne ho idea. Prendevamo sempre il cous-cous. È la loro specialità.»

«Di carne o verdura?»

«Di pesce. Alla marsalese.»

«Da quant'è che non mangi in questo posto?»

«Fammi pensare... venticinque anni. Un quarto di secolo. Fa un certo effetto, no?»

«Per una ragazza di trentuno sì. Cazzo, io ne avevo appena sei. Ero lì lì per licenziare la tata che non voleva obbedirmi quando le ordinavo di scendere da Cova a comprarmi le praline.»

Ci guardiamo attorno. All'altro tavolo, il bambino continua a strepitare inconsolabile. Ha appena gettato a terra il coperto, ovvero il pane con i semi di sesamo che qui chiamano *pani ca' giuggiulena*. La madre si china a raccoglierlo.

«Che invidia», sospira Benedetta.

«Per chi?» le chiedo.

«Che invidia per quella stronza, col suo bambino. Pensa che favola, averne uno nostro.» Con le dita di una mano tamburella nervosamente sul tavolo. «Dio mio, ma quando ce la portano 'sta pasta coi ricci?»

Faccio un cenno al nostro cameriere. Arriva.

«Possiamo avere intanto il coperto e il vino, per cortesia?»

«E già che c'è può vedere anche a che punto sono i nostri primi?» interviene Benedetta. «Erano due paste coi ricci, di cui una abbondantissima.»

«Subito», ci dice il cameriere. Sparisce.

«Ma potrò bere alcolici?» mi fa Benedetta.

«Be', tanto guido io.»

«Ma no, non per quello. È che se per caso fossi davvero...» Non finisce la frase.

«Incinta?»

«Non dirlo! Ma sei *fuori*? Vuoi mica portarmi sfiga?»

«Mah, secondo me se lo sei lo sei, se non lo sei non lo sei. Che uno lo dica o no, la cosa non cambia.»

«Ne parli tipo come se per te fosse indifferente.»

Mi guarda dritto negli occhi. «Allora? Niente da dichiarare?»

«Indifferente? Ma che dici?»

L'uomo che si era allontanato con le chiavi dell'auto ricompare nella piazza. Tra le mani regge una Playstation. Raggiunge il tavolo dove il bambino continua a strepitare e gliela mette davanti sulla tovaglia. Il bambino si calma, e nello stesso istante un cameriere si materializza con i piatti ordinati dalla coppia.

«Certa gente ha tutte le fortune», sbotta Benedetta. «Quelli già hanno un figlio, e adesso mangiano pure.»

Faccio cenno a un cameriere diverso dal nostro.

«Vi porto subito il menù.»

«No, guardi, non ce n'è bisogno. Abbiamo già ordinato a un suo collega, due paste coi ricci...»

«La mia abbondantissima», mi interrompe Benedetta.

«La sua abbondantissima», confermo io. «Solo che intanto gli abbiamo anche chiesto di portarci il coperto e il vino, e non si è ancora visto niente.»

«Provvedo subito», mi fa il cameriere. Sparisce.

«Ma venticinque anni fa erano già così inefficienti?» mi chiede Benedetta.

«Che ci vuoi fare: ormai è ridotto così, questo Paese. Nessuno sa più fare il suo mestiere. Se ti si guasta il telefono di casa, addio: passi giorni attaccato alla cornetta ad ascoltare istruzioni registrate che non ti portano da nessuna parte, senza riuscire a parlare con qualcuno che sia in grado di riparartelo. Se compri un qualsiasi aggeggio tecnologico e ti dà qualche problema idem, ti tocca rispedirlo al centro riparazioni specializzato perché nessuno sa più metterci le mani. E se ordini due primi e una bottiglia di vino al ristorante, puoi anche morire di fame e di sete, perché venti camerieri o quanti sono non ne fanno uno.»

Do un'occhiata all'altro tavolo. Il bambino sta di nuovo strepitando. I due genitori cercano di consolarlo. Niente da fare. Lei dice qualcosa a lui. Lui si mette il bambino sulle ginocchia, e quello allora si calma e attacca a smanettare la sua Playstation. Non hanno ancora toccato cibo.

«Pensa che tenero, essere qui a cena con nostro figlio», mi fa Benedetta. «Tra l'altro credo sia meglio cambiare ordinazione.»

«In che senso, scusa?»

«Preferisco bere acqua. L'alcol può causare seri problemi al... coso, nel caso una sia... cosa, ecco. Come il fumo, del resto.»

Faccio cenno a un terzo cameriere.

«Vi porto subito il menù.»

«No, guardi, l'abbiamo già visto. Da più di un quarto d'ora aspettiamo almeno il coperto e il vino che abbiamo ordinato a due suoi colleghi. Vuole avere la cortesia di pensarci lei? E con il vino ci porti anche una bottiglia d'acqua, grazie.»

«Liscia o gassata?»

«Gassata», gli fa Benedetta. «Anzi, no. Liscia.»

«Ne porti due», aggiungo io. «Una liscia e una gassata.»

«Provvedo subito.» Sparisce.

«Speriamo», sospira Benedetta. «Tarita da quando c'è rimasta beve tipo solo acqua liscia. Ha anche smessissimo di fumare, a parte farsi le canne.»

«Vuoi dire che Tarita è incinta e continua a farsi le canne?»

«Lei sostiene che le canne sono meno tossiche non

solo delle normali sigarette, ma anche dell'aria che si respira a Milano.»

«Be', dopotutto potrebbe avere ragione.»

«Ecco i vostri magnifici saraghi.»

Il nostro cameriere, o almeno il primo a cui ci siamo rivolti, si è materializzato di fronte a noi. E oltre al tovagliolo porta con sé un ampio vassoio argentato, su cui languono due pesci.

«Deve esserci un errore», dico, esterrefatto. «Noi non abbiamo chiesto nessun magnifico sarago. Le abbiamo ordinato, circa mezz'ora fa, due semplici paste coi ricci, di cui una abbondante.»

«No, abbondantissima», interviene Benedetta.

«Abbondantissima», ripeto. «Inoltre stiamo ancora aspettando il coperto, il vino e due bottiglie d'acqua, una liscia e una gassata.»

«Chiedo scusa. Provvedo subito.» Sparisce.

Porto una mano alla nuca per controllare se per caso non sto perdendo qualche capello, ma in realtà avrei bisogno di uno specchio. No, due. All'altro tavolo intanto il bambino ha ripreso a strepitare. I due genitori si consultano. Li osservo meglio. Entrambi sono molto pallidi, e hanno le occhiaie, e un'aria tra il distrutto e il rassegnato. L'uomo passa il figlio alla donna, che se lo mette sulle gambe. Il bambino allora si calma, e riattacca a smanettare con la Playstation. La coppia non ha ancora toccato cibo.

«Pensa», mi fa Benedetta con aria sognante, «lo porteremmo sempre con noi, in tutti i nostri viaggi. Non sarebbe bellissimo?»

«Altroché», le dico.

«Tu saresti un papà stramegasuper, ne sono sicura. Ti vedo già che spingi il passeggino.»

All'altro tavolo il bambino, che ha ripreso a strepitare, butta via la Playstation e centra in pieno il piatto della madre, schizzando il padre con il contenuto. Le famose *busiate* al ragù di tonno. Forse ha perso la partita. I genitori cercano subito di consolarlo. Niente da fare. A un tratto provo un impulso irrefrenabile: devo alzarmi. Andarmene. Mi tiro su di colpo, rovesciando a terra la sedia e gettando via il tovagliolo.

«Luca! Che ti succede?» mi fa Benedetta.

Scappare, penso. Devo scappare.

«Luca! Mi dici che hai?»

Calmati, mi dico.

«Luca! Si può sapere che c'è?»

Inspiro a fondo. Espiro. Farfuglio: «Scusami, devo… andare in bagno».

In quell'istante si materializza un altro cameriere, il secondo a cui ci siamo rivolti. Con sé non reca né il coperto, né il vino e tanto meno i nostri primi o le due bottiglie d'acqua, ma un vassoio d'argento un po' più piccolo del precedente con a bordo un unico pesce.

«Ecco la vostra splendida orata», ci sorride.

Benedetta e io ci guardiamo. Guardiamo l'orata. Guardiamo il cameriere.

«Mi stia a sentire», gli dice lei. «Noi non vogliamo una splendida orata. Abbiamo ordinato…»

«Lo so», la interrompe lui, «due fantastiche paste coi ricci, di cui una abbondante, anzi, abbondantissima. Solo che c'è stato un errore spiacevolissimo, perché l'altro cameriere si è infilato la vostra comanda nella tasca dei pantaloni e se n'è dimenticato. Questa, diciamo, è un'orata… di cortesia. Offerta dalla direzione mentre aspettate i vostri primi.» Ce la lascia sulla tovaglia.

All'altro tavolo, la coppia cerca di calmare il bambino. L'uomo, coperto di ragù di tonno, fa una verticale mettendosi a testa in giù. La donna legge ad alta voce una fiaba. Niente da fare. Il bambino, divincolandosi tra le braccia della madre, strepita e scalcia. Dal locale spunta un quarto cameriere con i nostri primi, e dietro di lui un quinto, con il coperto e le bevande. Benedetta non può trattenere un gran sorriso accompagnato da un piccolo applauso.

«Oh, che bello! Stanno troppo arrivando le nostre paste coi ricci! Ti prego, Luca! Non andare in bagno! Siediti e mangiamo!»

Mi chino a terra lentamente, afferro sedia e tovagliolo.

«Domattina comunque ripeto il test», mi fa, entusiasta.

OTTO

Quando dopo colazione mettiamo piede fuori dal bungalow non c'è un filo di vento. Le palme altissime che circondano il nostro giardino si stagliano immobili nel cielo terso. Solo il profumo dei pini marittimi fa escludere che siano pietrificati.

«Che ne dici di Favignana?» mi fa Benedetta. «A dire la verità speravo troppo che me lo proponessi tu, ma se aspetto che ti venga in mente...»

«Ma se l'altro giorno ti ho chiesto io se ti andava di andare sulle isole e tu non mi hai nemmeno considerato», protesto.

«Fosse vero ti assicuro che me ne sarei accorta», ribatte lei.

Lascio perdere. Infiliamo maschere e pinne nel borsone, saliamo sulla nostra Range Rover a noleggio e partiamo. Pochi metri dopo mi fermo.

«Che succede?»

«Scusa, ho dimenticato una cosa.»

Scendo dall'auto e torno al bungalow. In bagno, col sistema dei due specchi, controllo la situazione capelli all'altezza della nuca. Non riesco a capire se ne sto perdendo altri. Forse dovrei farmi visitare da uno specialista. Mi vedo già cinquantenne, la piazza rosa che si stende al centro della testa. Malgrado il caldo, rabbrividisco.

«Luca!» mi chiama dall'auto Benedetta. «Tutto bene?»

«Arrivo!» grido.

Lungo il litorale tutto curve dello Stagnone si procede a trenta all'ora. Malgrado non siano ancora le dieci di mattina c'è già un gran caldo. Gli automobilisti locali appendono la mano fuori dal finestrino in cerca di refrigerio.

«Pensa che Tarita per rimanerci a colpo strasicuro ha comprato Persona, quel computer che ti segnala quando sei fertile a scopo anticoncezionale...»

Lentamente superiamo Punta Palermo con i bagnanti intorno al furgone giallo che satura l'aria di pane e panelle, poi Marinella e la caserma del Gruppo Radar.

«Lei ovviamente l'ha usato al contrario, nel senso che col suo cosiddetto grande amore fiorentino lo facevano proprio quando in teoria non avrebbero dovuto farlo...»

Un gregge di pecore ci blocca sotto il sole all'altezza di un passaggio a livello. Il volto segnato del pastore, un uomo magro e abbronzato dall'età indecifrabile, appartiene a un altro tempo.

«E pensa che c'è rimasta al primo tentativo: dico, *al primo tentativo.* Roba da non credere, visto che comunque anche lei non è che ha proprio vent'anni...»

Il sopraggiungere lento di una vecchia Littorina verde sblocca la situazione. Senza fretta oltrepassiamo il Villaggio Sappusi, le Cantine Pellegrino, il Bastione Spagnolo.

«A Tarita voglio veramente strabenissimo, siamo superamiche dai tempi dell'asilo e abbiamo fatto assieme dalle Orsoline tutte le scuole elementari medie superiori e anche l'università alla Cattolica, per cui non potrei proprio mai e poi mai fare a meno di lei, ma se c'è una cosa che mi dà troppo in testa è che ha avuto un culo pazzesco, capisci? Rimanerci al primo colpo è *rarissimo*, quando cerchi un bambino. Capita solo tipo se non lo vuoi, e in ogni caso devi essere una ragazzina...»

Poi svoltiamo a destra verso il Circolo Nautico e facciamo il lungomare lasciandoci alle spalle Capo Lilibeo, la punta estrema della Sicilia. Alla mia sinistra noto uno stuolo di cani randagi.

«Pare che l'altro giorno abbiano assalito un uomo», dico a Benedetta. «Se li incontri per strada fai attenzione.»

«Paranoico», mi fa lei. «Sei un paranoico totale.»

Passato il Baglio Anselmi, dove un giorno mio padre mi accompagnò per farmi vedere i resti dell'unica nave punica arrivata fino a noi, ecco la sfilata di palme maestose che portano a quello che rimane del monumento a Garibaldi, fortemente voluto da Craxi negli anni dorati in cui nessuno avrebbe osato immaginare la successiva latitanza.

«Comunque stavo pensando che se Tarita ha avuto 'sto culo pazzesco potremmo comprarlo anche noi, questo Persona, magari ci risolve una volta per tutte la questione...»

Oltrepasso i ruderi del monumento, mai portato a termine, e mi fermo all'edicola di piazza Mameli. Parcheggio in doppia fila, compro i giornali e torno alla macchina. Trovo Benedetta con i pantaloni aperti, che traffica con le mutande.

«Ma che fai?»

«Niente. È solo che mi sembrava tipo di stare ovulando e ho preferito controllare: nel caso, tornavamo indietro a procreare.»

Butto i giornali sul sedile posteriore e metto in moto.

«Sia come sia», mi fa lei. «Quando c'è la lucina verde puoi scopare tranquillamente, mi ha spiegato la Tari, quando c'è quella rossa no. Quindi a noi basterà fare il contrario: come lei e il suo presunto grande amore fiorentino...»

In un minuto siamo al porto. Parcheggio l'auto sotto il sole. L'aliscafo per Favignana è già all'ancora. Ustica Lines, leggo sulla fiancata bianca e blu. Ma tu dimmi. Porta alle Egadi, che cazzo c'entra Ustica? Raggiungo il container della biglietteria di fianco al comando della Guardia Costiera e faccio i biglietti pagando con la carta di credito. Quando mi ritrovo tra le mani la ricevuta la strappo meccanicamente in mille pezzettini. Mi guardo attorno. Ne butto una parte in un tombino, e il resto me lo infilo in tasca.

«Ti amo, sai?» mi fa Benedetta quando la raggiungo. «Tu e le tue piccole manie.»

«Anch'io ti amo. Saliamo?»

«Saliamo.»

«Non si può», ci informa il marinaio in cima alla passerella quando ci vede arrivare.

«Perché?» chiede Benedetta.

Il marinaio rientra nell'aliscafo senza risponderle.

«Vorranno vedere quanto ci mettiamo a sciogliercì», le dico io.

In tutto il porto non c'è uno spicchio d'ombra. Aspettiamo. Poco alla volta arrivano altri passeggeri. Tutti portano cappellini da baseball oppure di paglia con la tesa larga. Nessuno accenna ad avvicinarsi alla passerella. Evidentemente sanno già come funzionano le cose. Aspettiamo. Aspettiamo. Aspettiamo.

«Sempre che questo Persona lo tengano anche qui in Africa», mi fa Benedetta.

Devo ricordarmi di buttare a Favignana quello che resta della ricevuta della Visa, penso.

«Dai bambini che vedo in giro, da queste parti gli anticoncezionali non usano...»

Sento il trillo del cellulare che uso per comunicare con mia madre. Lo recupero.

«Pronto... ciao mamma... sì tutto bene... sto benissimo, grazie... ho capito... va bene... certo... sì, stai tranquilla... non preoccuparti... va bene... sì, te la saluto... ciao.»

Benedetta fa finta di niente.

«Potete salire», annuncia finalmente il marinaio dopo essere ricomparso in cima alla passerella.

Benedetta non fa in tempo ad accomodarsi sulla sua poltrona che si assopisce beata. Io cerco di non fare caso alle scritte Ustica Lines che leggo dappertutto all'interno dell'aliscafo. Sfoglio un quotidiano, con la pelle d'oca per via dell'aria condizionata. Salto le prime pagine dedicate alla Nazionale italiana di calcio. Vediamo: «Napoli: si vive tra i rifiuti. Trattative in corso con altre regioni per arginare l'emergenza grazie a un Piano-Spazzatura. Si cercano in tutta Italia inceneritori disponibili a eliminare le eccedenze che stanno sommergendo il capoluogo partenopeo... Allarme temperature: l'Italia nella morsa del caldo. In tutta la Penisola il termometro registra aumenti fuori dalla media stagionale. Rischio black-out per l'uso massiccio dei condizionatori... Intercettazioni: il management della Juventus costretto alle dimissioni in seguito allo scandalo di Calciopoli. Moggi stabiliva le designazioni degli arbitri perfino per le amichevoli della squadra bianconera. Fassino e Mastella si augurano che la società venga trattata con clemenza. I vertici del settore arbitrale: non ne sapevamo niente... Prodi: la nuova maggioranza non si sfalderà. Smentite ipotesi di nuove tasse. Continuano i dissidi all'interno delle forze che compongono la coalizione... L'ex premier Silvio Berlusconi intanto non riconosce la sconfitta, parla di brogli e mette in dubbio i risultati delle elezioni: continueremo a ricontare le schede, ha dichiarato... Le pagelle di Pecoraro Scanio: tra i parlamentari, il più bello è Pier Ferdinando Casini. Il più bello dopo di me, si capisce... Valeria Marini tiene una lezione all'Università di Bologna sullo Starwear, ossia sul modo di vestire delle stelle dello spettacolo, nell'ambito del corso «Evoluzione e nuove tendenze dei sistemi della moda», istituito presso la Facoltà di Lettere e Filosofia... Lunedì un asteroide del diametro di oltre mezzo chilometro sfiorerà la terra...

Guardo il mare fuori dagli oblò. Quando a un certo punto dell'estate si avvicinava Ferragosto e sapevo che di lì a poco saremmo andati a Favignana sulla barca del colonnello Rallo, venivo preso da uno strano miscuglio d'impazienza e malinconia, perché non vedevo l'ora di partire e però sapevo che al ritorno sarebbe cominciata la fine delle vacanze e ogni giorno avrei fatto il conto alla rovescia in vista dell'inizio della scuola. Con mia madre sarei andato a più riprese alla libreria Pellegrino di via XI Maggio per mettere insieme i libri di testo. Riuscivo sempre a farmi comprare qualcosa di nuovo da leggere sulla seconda guerra mondiale. Dal giornalaio non mi perdevo un numero di «Super Eroica» e «Guerra d'Eroi». Allora sognavo di seguire le orme di papà, entrare in Aeronautica e fare la carriera militare. Chiudo gli occhi.

«Ehi, dormiglione», mi scuote Benedetta. «Siamo troppo arrivati!»

Fuori dall'aliscafo veniamo accolti da un sole abbagliante. In porto ci viene incontro un tipo grasso su una Graziella.

«Hellò! Hotel?»

«No, grazie», gli rispondo.

Si avvicina immediatamente un altro tipo, che però si sposta a piedi ed è magro.

«Giro in barca?»

«No, grazie», ripeto.

Un terzo tipo, corporatura media, seduto sul parapetto del molo dove sono ormeggiati motoscafi, gommoni e barchette varie, evita di alzarsi.

«Scooter? Biciclette?»

«No, grazie», ripeto.

Senza farmi scorgere da Benedetta butto in un tombino quello che resta della ricevuta della Visa. Poi, appena entrati in paese, di fronte a Villa Florio trovo l'agenzia che cercavo. Per cinquanta euro noleggiamo una Mehari arancione.

«Non dirmi che sai dove andare», mi fa Benedetta.

«Cala Azzurra. È come le Seychelles, vedrai.»

Ingrano la prima innestando la marcia dal cruscotto e partiamo. Seguendo le indicazioni per la cala ci inoltriamo all'interno dell'isola. Muretti a secco delimitano appezzamenti di terreno e giardini privati. Le case dipinte di bianco sono spesso circondate da fichi d'India e bouganvillee in fiore. È mezzogiorno e in giro non si vede un umano. Imbocco una serie di viottoli polverosi, seguendo alla lettera le indicazioni. Alla fine, anziché a Cala Azzurra, ci ritroviamo in una discarica.

«Dio mio, che puzza!» esclama Benedetta, tappandosi il naso. «E meno male che sapevi dove andare!»

«Non è colpa mia», protesto. «Ho seguito i cartelli! Si vede che lo fanno per dispetto ai turisti.»

«Cosa?»

«Cambiare direzione alle indicazioni stradali.»
«Che stronzi.»
«Stanno tutto il tempo su un'isola. Si annoiano.»
Faccio manovra in mezzo all'immondizia, sfiorando con la Mehari arancione una lavatrice arrugginita. Torniamo indietro, e a un incrocio ci imbattiamo in un contadino con tanto di falce in spalla, camicia bianca, pantaloni neri e coppola dello stesso colore. Magari è vero. Oppure siamo capitati sul set fotografico per un nuovo spot di Dolce & Gabbana.
«Scusi, Cala Azzurra?»
«Seguite per Villaggio Valtur.»
Lì per lì ho un bruttissimo presentimento. Ma quando dopo un'altra serie di viottoli polverosi fermo la Mehari davanti al bar da cui si scorge almeno in parte la cala, tiro un sospiro di sollievo.
«Siamo fortunati», dico a Benedetta, abbracciandola. «In acqua non c'è praticamente nessuno.»
«UAU!» strilla lei. «E che colore! Sembra troppissimo le Seychelles!»
Nel bar compro un paio di bottigliette gelate d'acqua naturale. Quindi metto il borsone a tracolla, e con Benedetta ci avviamo. Passata una specie di cancellata arrugginita, iniziamo la discesa. Ma ci blocchiamo quasi subito.
«Oh, no», esclamiamo contemporaneamente.
La spiaggia bianca ai piedi della discesa brulica di umani. Non c'è un metro libero. E in acqua non si vedono che bambini armati di retina o secchiello di plastica.
«Meduse», mormoro. «Tu che dici?»
«Be', a questo punto che vuoi fare? Scendiamo.»
La seguo. Giriamo a vuoto per un pezzo, prima di trovare un rettangolo di sabbia dove piazzare le rispet-

tive stuoie. Alla fine però lo troviamo. Facciamo giusto in tempo a toglierci di dosso i vestiti e a restare in costume.

«Cazzo che uomo, quel Briatore», dice un tipo di fianco a noi ai suoi vicini d'asciugamano. «Su in Sardegna ha organizzato una festa al Billionaire per protestare contro la tassa sul lusso!»

Per un istante spero che la frase sia ironica.

«È un grande», dice un altro. «Un vincente. L'anno scorso ho fatto le ferie lì a Porto Cervo per filmare tutta la gnocca che andava e veniva dal suo yacht. Pensa che ho beccato Fernanda Lessa e Simona Ventura. Si presentasse alle elezioni, giuro che lo voterei.»

A quel punto interviene un terzo: «Anch'io. Ve l'ho già detto che il giorno più bello della mia vita è stato quando ho conosciuto Carlo Pignatelli?»

NOVE

Siamo da Gerardi, il lussuosissimo negozio di prelibatezze di piazza Mameli. La temperatura all'esterno deve essere intorno ai trentotto gradi. Ma dentro, grazie all'aria condizionata a livelli thailandesi, si gela. Mi aggiro tra i banchi strabordanti di merci aspettandomi di inciampare in qualche stalattite. O stalagmite? Prima o poi dovrò procurarmi un dizionario e verificare una volta per tutte, penso. Grazie al gioco di specchi creato da un paio di vetrinette riesco a darmi una rapida occhiata alla nuca. Ma non riesco a capire se per caso da ieri a oggi ho perso qualche capello. Bottarga di Favignana. Pistacchi di Bronte. Capperi di Pantelleria. Origano di Agrigento. Pomodori di Pachino. Acciughe di Messina. Olive del Belice. Olio di Paternò. Ragusano di Noto. Provola di Floresta. Primosale di Caltanissetta. Pecorino di Corleone. Mandorle di Avola. Arance di Ragusa. Fichi d'India dell'Etna. E l'uva? Qui a Marsala la usano per fare il vino Florio, Donnafugata, Pellegrino, quindi da Gerardi tengono quella da tavola assai celebre di Canicattì. Da Gerardi tutto sfavilla sotto le luci scintillanti dei neon, a parte l'omino ingobbito sul marciapiede di fronte al negozio, che in camice blu e con la barba di tre giorni attende sotto il sole di caricare su una minuscola bici le borse colme di roba per le consegne a domicilio.

«Ehi! Hanno perfino le scatolette con il condimento per la pasta coi ricci!» esclama Benedetta dal corridoio parallelo a quello dove mi trovo. La raggiungo. Afferro una delle scatolette in questione e controllo la provenienza.

«Sì, però arrivano dal Portogallo. Chissà che ci mettono, per conservarlo. Come minimo è cancerogeno.»

«Paranoico», scuote la testa lei. «Sei totalmente paranoico.»

«Che senso ha comprare del condimento per la pasta coi ricci *in scatoletta* e pure *portoghese*, in Sicilia?»

«Be', da noi i ricci non si trovano. E se poi sono veramente... sì, insomma, e se questa voglia di pasta coi ricci continua a venirmi anche quando siamo tornati a casa? Esigo almeno dieci o dodici scatolette di condimento per la pasta coi ricci. No, venti. Ehi! Ce ne sono anche di spagnole!»

Attacca ad accaparrarsi scatolette come se avessimo appena dichiarato guerra alla Turchia. Lascio perdere e mi allontano. Al bancone della pasta fresca quattro matrone marsalesi uscite di casa con tanto di capi e ori razziano voraci *busiate* e *gnocculi*. Anche mia madre li comprava fatti, e quando papà tornava a casa dal servizio gli dava a intendere di aver passato la mattina a impastare. Lui fingeva di non essersi accorto dell'involucro del pastificio dimenticato sul piano lavoro della cucina e le schioccava un bacio in fronte. Poi veniva da me, mi strizzava l'occhio accarezzandomi la nuca e mi chiedeva di mostrargli il diario e i quaderni per controllare se avevo fatto per bene i compiti. Nel settore vini e liquori mi blocco di fronte al Moscato di Pantelleria. Papà ne beveva un bicchierino dopo cena, quando seduto in poltrona fumava uno dei suoi Toscani leggendo qualche pagina di Seneca o Tacito, oppure chiacchierando con i colleghi che invitava a cena da noi almeno una volta la settimana. La mamma, che naturalmente detestava l'odore di sigaro, giocava a carte in terrazza con le amiche, e cioè con le mogli degli altri ufficiali. Quel giorno, però, prima papà e poi mamma vennero lasciati soli. Soltanto il colonnello Rallo si comportò diversamente.

Faccio per prendere una bottiglia dallo scaffale ma poi esito perché lì accanto c'è il Passito, sempre di Pantelleria. Vengo colto dal dubbio: quale dei due preferiva papà? Il Moscato o il Passito? Ben Ryé, leggo sull'etichetta. *Prodotto con uve Zibibbo maturate e appassite al sole e al vento dell'isola. Vino da meditazione, da abbinare a formaggi erborinati, fegato grasso e dolci della tradizione siciliana. Da provare sul cioccolato. Servire a 14 °C.* Sto per controllare le diciture su una bottiglia di Moscato, quando a un tratto ho come la sensazione di essere osservato, e allora mi volto e... No, non ci credo.

«Luca!»

«Katja?»

Mi si avvicina, e un po' impacciata mi bacia sulle guance, abbozzando un abbraccio. È proprio lei, non ci sono dubbi.

«Che sorpresa!» mi fa. «Non avrei mai immaginato di incontrarti qui!»

«Da Gerardi?»

«Be', più che altro a Marsala. Quanto tempo è passato!»

«Direi... ventisette anni. Più di un quarto di secolo, temo.»

«Come siamo invecchiati, eh?» mi fa.

«Invecchiati?» sorrido. «Non direi. Non ancora, almeno. Di certo non tu», anche se mentre lo dico noto le rughe che ha intorno agli occhi, e la piega amara della sua bocca.

«Ma che ci fai qui?» mi chiede. Ha anche messo su qualche chilo, non troppi. Del resto ha tre anni più di me, quindi va per i quarantaquattro.

«Io? Tu piuttosto! La Germania è lontana.»

«Oh, sai, io a Monaco insegno italiano. Torno in vacanza in Italia ogni anno, e di tanto in tanto scendo a Marsala, come facevo con i miei genitori. Devo dire che tutte le volte ho anche sperato di incontrarti, ma non è mai successo. Fino a oggi.»

«Già.» Chissà dov'è Benedetta, mi chiedo.

«Ma tu non mi hai risposto. Che ci fai qui, dopo tutto questo tempo?»

Esito, chissà perché.

«Sei con la mamma? Vivi ancora con lei?»

Sento il trillo del cellulare che uso per comunicare con mia madre. Lo ignoro.

«Ehm», mi schiarisco la voce. «No. Non vivo più con lei. Mi sono... sposato. Sono qui... con mia moglie.»

«Oh, quante novità! Siete sposati da molti anni?»

«Una decina... di giorni.»

«*Mein Gott!* Ma allora siete in viaggio di nozze, no?»

«Be', non proprio. Più o meno. Cioè, in definitiva sì. Benedetta voleva conoscere i luoghi della mia infanzia e adolescenza, ecco.»

«E sei felice?»

«Mah, direi di sì. Certo che sì. Anzi, direi che sono più che felice. Sono... molto contento. E tu?»

In quell'istante risuona il trillo di un altro cellulare. È il Nokia che uso per comunicare con Benedetta. Quelli che usiamo per il lavoro abbiamo deciso di tenerli spenti.

«Scusa», dico a Katja. Mi frugo nelle tasche dei pantaloni. Lo trovo. «Sì? Io? Come dove sono? Con te, da Gerardi. Ah, sì? E dove? In farmacia? Quale farmacia? Ah, ho capito. Va bene. Sì. Arrivo.» Chiudo la comunicazione.

«Devi andare?» mi chiede Katja.

«Mia moglie mi aspetta», le rispondo.

«Magari uno di questi giorni ci si rivede.»

«Già, perché no?»

«Vi fermate a lungo?»

«Uhm, non saprei... un paio di settimane, credo. Forse una. Dipende. Sai, in realtà vogliamo girare un po'. Palermo, le isole. Comunque Marsala non è grande, ci s'incontra di sicuro.»

«Lo spero. Allora... arrivederci, Luca.»

«Ciao, Katja.»

Mi bacia nuovamente sulle guance. Giro i tacchi. Quando arrivo all'uscita, una cassiera mi blocca.

«Sua moglie ha lasciato queste da pagare.»

Mi indica una montagna di scatolette di condimento per la pasta coi ricci. Pago in contanti dodici scatolette di condimento per la pasta coi ricci spagnole e nove scatolette di condimento per la pasta coi ricci portoghesi, per un totale di ventuno scatolette di condimento per la pasta coi ricci, 189 euro e 63 centesimi. Sono quasi 400.000 lire di condimento per la pasta coi ricci, ma non importa. Voglio solo uscire. Fare in fretta. Andarmene.

DIECI

In strada sbatto contro un muro di caldo. Mi sembra quasi di soffocare, ma non è solo per via del mutamento climatico tra l'aria condizionata del negozio e l'afa di fuori. È che sono ancora sotto shock per avere rivisto Katja. Ventisette anni, sono passati ventisette anni. Che ci viene ancora a fare, qua? Pochi passi, ed entro in farmacia. Benedetta è di nuovo al cellulare. Noto un aggeggio di plastica bianca sul bancone di vetro alle sue spalle, e al di là di questo la farmacista.

«SÌ, HO CAPITISSIMO! QUINDI TIPO TU ME LO STRACONSIGLI! VERY MUCH! UAU! MASSÌ! MA CERTO! MA NO! PER CARITÀ! LO SO! DEVO STARE TRANQUA TRANQUA! MA GUARDA CHE IO SONO TRANQUA TRANQUA! NON MI FA UN FRISÉ! È TUTTO UN GIOCO! ESATTO, LAUGHING AND JOKING! MA CREDIMI! SE NON È PER QUESTO MESE SARÀ PER IL PROSSIMO! ERA GIUSTO COSÌ! PER EVITARE LO STRESS! BRAVISSIMA! MI SONO TROPPO RICORDATA CHE L'HAI USATO ANCHE TU E ALLORA MI SONO DETTA: CHIEDI ALLA TARI! LO SAI CHE MI FIDO PIÙ DI TE CHE DI MIA MADRE! GRAZISSIME TARI! COME SEMPRE SEI TROPPO UN'AMICA! SÌ TE LO SALUTO! NON PUOI CAPIRE! DUE PICCIONCINI! CIAO! CIA-CIA-CIA-CIA-CIAO!» Chiude la comunicazione. Mi sorride e mi fa: «Tarita. Lei tipo me lo straconsiglia. Dice che così andiamo a colpo sicuro».

«Non se ne pentirà, signora», interviene da dietro il

bancone la farmacista. «È molto affidabile, e semplice da usare. Vedrà.»

«Stiamo parlando di... quel coso lì?» chiedo, indicandole l'aggeggio bianco sul bancone.

«È un computer», mi spiega la farmacista. «Si chiama Persona. Ho già illustrato a sua moglie come funziona.»

«Sì!» mi conferma Benedetta, con un'aria da esaltata. «Ed è davvero semplice semplice semplice, strasupersemplicissimo, proprio come pensavo. Oh, che tesoro! Ti sei ricordato di prendermi il condimento per la pasta coi ricci!»

«Solo perché a momenti la cassiera chiamava la polizia, se non pagavo il conto. Ma com'è che te ne sei andata così, senza dirmi niente?»

«No, è che mi ha chiamata la Tari e allora mi sono troppo ricordata di chiederle di questo fantastico marchingegno e dato che avevo già visto questa farmacia mi sono tipo precipitata qui per assicurarmi che ce l'avessero e...»

Continua a parlare, ma non ascolto. Ventisette anni, sono passati ventisette anni. Quando ci salutammo l'ultima volta non aveva quelle rughe. Mi porto istintivamente una mano alla nuca.

«...comunque capire ho capitissimo, io quasi quasi farei che prenderlo anche perché come sai quel test che ho fatto l'altro giorno era negativo...»

Era il 1979. Eravamo due ragazzini. Appena quattordici anni io, diciassette lei. Papà era ancora vivo.

«...che poi un domani quando di figli ne avremo tre, l'ideale sarebbero due gemelli maschi eterozigoti e una femminuccia, tutti biondi, lo potremo usare come si usa normalmente, cioè tipo da anticoncezionale, che pare sia stramegasicurissimo...»

Devo assolutamente controllare se per caso sto perdendo altri capelli sulla nuca, penso.
«Luca! Luca! Ci sei? Allora che dici? Lo prendiamo?»
«Certo, certo», mi ripiglio. «Ora pago.»

UNDICI

«Ehi, dormiglione!»

Una mano mi scuote le spalle.

«Su, sveglia!»

Stavo sognando Katja. Katja che era di nuovo una ragazzina, come quando ci eravamo conosciuti ventisette anni fa, e che mi inseguiva dentro un cunicolo buio. Soltanto che io ero quello di adesso, però completamente calvo, e mentre correvo mi faceva male il ginocchio, e in fondo al cunicolo...

«Luca! Apri gli occhi!»

Mi rigiro nel letto. Apro lentamente le palpebre. Benedetta incombe su di me. Tra le mani ha l'aggeggio che abbiamo comprato ieri in farmacia.

«Finalmente!» esclama. «Su, datti da fare, che secondo questo coso oggi ci rimango!»

Tira giù il lenzuolo, scoprendomi.

«Credo che in teoria dovrei tipo aspettare il nuovo ciclo. Ma visto che è venuta fuori la lucina rossa, lanciamoci!»

Mi tiro su a sedere sul letto, e avverto una fitta lancinante al ginocchio.

«Ahia!» non posso fare a meno di lamentarmi.

«Che hai?» mi fa lei, che intanto ha posato l'aggeggio sul pavimento in cotto e si è sfilata la maglietta, rimanendo completamente nuda.

«Il ginocchio. Una fitta.»
«Ora vedrai che ti passa.»
Mi caccia una mano tra le gambe e afferra quello che ora più che mai è, non ne sono mai stato tanto consapevole, il mio apparato *genitale*.
«Allora? Questa famosa erezione mattutina? Che fine ha fatto?»
Attacca a smanettare l'arnese con foga. Fuori dal bungalow, cicale e tortore cominciano a fare il tifo. A un tratto mi viene da pensare che la mia prima volta fu con Katja qui a Marsala ventisette anni fa. VENTISETTE ANNI FA. Ormai scopo da più di un quarto di secolo. Ma dato che ho esordito a quattordici anni, ho ricordi molto più antichi della mia prima scopata. Per dire: andavo alle elementari all'epoca in cui per strada c'erano i manifesti del primo *Padrino* di Coppola e dei film con Edwige Fenech, che don Peppino nelle ore di catechismo ci diceva di ignorare perché guardarli significava commettere peccato. Il sabato pomeriggio, quando andavo a confessarmi per poter fare la comunione la mattina successiva, bisbigliavo nel buio del confessionale C*onfesso di avere peccato per aver guardato il manifesto con Edwige Fenech in via dello Sbarco.* Dalla grata don Peppino soppesava brevemente la questione, poi mi ingiungeva: «Tre Padre Nostro e due Ave Maria». Più tardi, alle medie, mi sarei masturbato strappando le foto di Gloria Guida dai «Novella Duemila» di mia madre. Intanto, la moglie non ancora ex di Paolo Frajese buonanima stava per dare il via alla sua carriera di attrice porno. Ma come si chiamava?
«Luca! A che pensi?»
Mi prende una mano e se la porta alle tette. Comincio a impastargliele. Cerco di concentrarmi. Dài, su. Diventa duro. È facile. Di solito non hai mai problemi.

Mio dio, penso, sono così vecchio che ho assistito in diretta tivù allo sbarco sulla Luna. Ricordo il primo passo di Neil Armstrong. La bandiera a stelle e strisce fotografata da Roger Aldrin. Tutto in bianco e nero. In tivù c'erano solo due canali, Primo e Secondo. Il sabato facevano vedere *Oggi le comiche.* Il mio cartone animato preferito era Gatto Silvestro. Avevo paura di Caballero quando si metteva a sparare per la sua Carmencita. A scuola nell'intervallo mangiavo un Kinder Brioss all'albicocca o una Fiesta oppure un Buondì Motta. Gli elettrodomestici facevano Girrrrmi. Ma come si chiamava la moglie di Paolo Frajese?

«Luca! Cerca di concentrarti! Ce l'hai micriz!»

Sono così vecchio che ricordo il mondo prima del personal computer, dei telefoni cellulari e dell'iPod. Infilavo i 45 giri di Patty Pravo nel mio mangiadischi portatile arancione. Per ascoltare il lato B dovevo estrarre il 45 giri e infilarlo di nuovo, capovolto, facendo attenzione a non rigarlo. MARINA DORIA! Ecco come si chiamava la moglie di Paolo Frajese buonanima! Marina Doria? No, Marina Doria è la moglie del Savoia. Come si chiamava la moglie di Paolo Frajese? Marina... Marina... Marina... *ti voglio al più presto sposar!* MARINA FRAJESE! Ecco come si chiamava! Poi però ha dovuto cambiare nome. Ci sono: MARINA LOTHAR!

«Dài, Luca, su! Sforzati un po'!»

Devi diventare duro. Devi diventare duro e penetrare questa donna. Devi diventare duro, penetrare questa donna e farla venire. Devi diventare duro, penetrare questa donna, farla venire e venire anche tu. Devi diventare duro, penetrare questa donna, farla venire, venire anche tu e riuscire a fecondarla. Devi diventare duro, penetrare questa donna, farla venire, venire anche tu, riuscire a fecondarla e starle accanto durante la gravidanza. Devi diventare duro, penetrare questa donna, farla venire, venire anche tu, riuscire a fecondarla, starle accanto durante la gravidanza e assistere al parto. Devi diventare duro, penetrare questa donna, farla venire, venire anche tu, riuscire a fecondarla, starle accanto durante la gravidanza, assistere al parto e imparare a cambiare pannolini. Devi diventare duro, penetrare questa donna, farla venire, venire anche tu, riuscire a fecondarla, starle accanto durante la gravidanza, assistere al parto, imparare a cambiare pannolini e mantenere tuo figlio o tua figlia fino a quando non andrà all'università avendo sperimentato nel frattempo tutta una serie di stupefacenti. Cicale e tortore continuano a fare il tifo per me. Sudo.

«Luca! Insomma! Si può sapere che ti succede? Cos'è? Non ne hai voglia? No, dico, questo è veramente il colmo: secondo la macchinetta sarebbe troppissimo il momento ideale per farlo, perché c'è la lucina rossa e di sicuro ci rimarrei, ma tu non ne hai voglia! Non ti piaccio già più? Ti sei tipo stancato di me?»

DODICI

Di fronte alla spiaggia di San Teodoro, che a quest'ora del pomeriggio è semideserta, oziano le Egadi, immobili in attesa del tramonto. Dai due calcio-balilla sotto la cannicciata del bar al di là della litoranea si levano altissime urla dialettali di adolescenti. Tra loro forse c'è anche quello che ha riempito Marsala di scritte sui muri dedicate a una certa Jehssihcah e ispirate a quel romanzo, *Tre metri sopra il cielo*. Da qualche parte, non so più dove, credo di avere letto un'intervista all'autore. Lavora a «Domenica In». Se non ricordo male si definisce politicamente democristiano.

«Non ci posso credere», sbotta a un tratto Benedetta.

«Che c'è?»

«Guarda laggiù.»

Aguzzo lo sguardo verso l'estremità della spiaggia, dove sono parcheggiati alcuni camper. Stanotte ho fatto fatica a prendere sonno a causa dei caroselli di auto e dello strombazzare dei clacson lungo la litoranea. La Nazionale italiana deve avere vinto un'altra partita ai Mondiali di calcio di Germania.

«Hai visto?»

«È pieno di camper.»

«No, non i camper. Quella squinzietta in topless e i ragazzini sulla battigia.»

Mi alzo a sedere sulla stuoia.

«Ma la tipa è di spalle. Le tette mica si vedono.»

«Non le vediamo noi. Però quei ragazzini sì. Guardali: sembrano tipo ipnotizzati.»

La fanciulla, capelli biondi tagliati corti e carnagione piuttosto chiara, probabilmente straniera, parla al cellulare accovacciata sul suo asciugamano. Tre ragazzi, già nerissimi e sicuramente autoctoni, la fissano inebetiti a pochi metri di distanza.

«A Marsala in effetti il topless non usa», spiego a Benedetta. «È il primo che vedo, da quando siamo qui. Anzi, adesso che mi ci fai pensare è il primo che vedo in assoluto, da queste parti.»

«A parte che in teoria dovresti guardare solo il mio.»

«Il tuo? Mi sono perso qualcosa?»

«Nossignore. A me qua che non usa non va zero di mettermi in topless. Anche perché non vorrei mai ottenere quel risultato lì.»

La fanciulla in topless continua a conversare al cellulare. Per quel che si vede indossa un tanga nero alquanto ridotto. I ragazzi, i piedi a mollo, non smettono di fissarla.

«Ricordi a marzo, quella spiaggia di Goa?» chiedo a Benedetta. «Benaulim, o Candolim, o come cavolo si chiamava. I nomi delle spiagge a Goa si assomigliano tutti.»

«Vuoi dire quella monopolizzata dagli adepti di Osho?»

«Quella. Tutti quanti portavano lo stesso identico tanga nero, uomini e donne. E anche lì i ragazzini del posto sbavavano per le tette al vento.»

«Cafonissimi. Solo che Goa è in India, mentre qui siamo in Italia.»

Sento il trillo del cellulare che uso per comunicare con mia madre. Lo recupero.

«Pronto… ciao mamma… sì tutto bene… sto benissimo, grazie… no, non lo tenevo spento… si vede che non c'era campo… ho capito… va bene… certo… sì, stai tranquilla… non preoccuparti… va bene… sì, te la saluto… ciao.»

Benedetta fa finta di niente. In quell'istante, anche se continua a darci le spalle, vediamo che la ragazza spalanca le gambe. Gli spettatori, coi piedi a mollo, si danno ripetutamente di gomito e scambiano rapidi commenti. Lei un attimo dopo chiude la conversazione e il cellulare. Il gruppo è percorso da un fremito. Poi il più grande dice qualcosa agli altri due, inalbera un sorriso a metà tra l'impacciato e lo sfacciato e si fa avanti. I soci lo seguono. La ragazza porta una mano alla fronte, ha il sole negli occhi.

«Se la molestano per favore va' a dare una mano.»

«Ai molestatori?»

«Ah-ah-ah. Alla molestata, defi.»

«Non mi pare che la stiano molestando», dico, strizzando gli occhi per via del sole.

«Come fai a dirlo?»

«Conversano amabilmente del più e del meno.»

I tre ragazzi si sono accovacciati davanti alla ragazza in topless, che sempre in topless e sempre a gambe aperte apparentemente non fa una piega e chiacchiera con loro.

«Senti», mi fa Benedetta, «ti va se domani mattina riproviamo?»

«Certo», le dico. «Scusami per oggi.»

«Prima o poi succede a tutti.»

«Ma perché dobbiamo aspettare domani mattina?»

«La mattina è l'ideale, nel caso si voglia procreare», mi spiega lei. «Tarita c'è troppo rimasta facendolo prima di andare al lavoro.»

In quel momento una donna si avvicina alla fanciulla in topless e ai tre ragazzi. La riconosco immediatamente. È Katja. Dice qualcosa alla fanciulla in topless.

«Che ne dici se ci trasferiamo al bar a bere qualcosa godendoci il tramonto?» propongo a Benedetta.

«Oh, volevo stare ancora un po' qui. Ti spiace?»

«No no, figurati. È solo che... mi è venuta sete.»

«Dieci minuti e andiamo.»

Mi metto a pancia in giù, nascondendo il volto tra le braccia incrociate sulla stuoia ma continuando a tenere d'occhio la scena. Katja ora si sta rivolgendo ai ragazzi, che si alzano e tagliano subito la corda. Poi torna a parlare con la fanciulla in topless, con cui ha una breve ma animata discussione. La fanciulla in topless si alza a sua volta, le dice qualcosa. Poi pianta lì Katja e raggiunge a passi decisi uno dei camper. Katja raccoglie l'asciugamano su cui era seduta la fanciulla in topless. La segue. Entrambe si chiudono dentro il camper. Scampato pericolo.

«Sai che ti dico? Quasi quasi è venuta sete anche a me», mi fa Benedetta. «Che dici? Andiamo?»

«Andiamo.»

Raccogliamo la nostra roba. Do un'occhiata furtiva verso il camper, che per fortuna rimane chiuso.

«Tu però stasera zero alcolici», mi dice Benedetta. «Ti voglio vispissimo, domani.»

TREDICI

«Allora?»

Silenzio.

«Si può sapere?»

Benedetta tace.

«Insomma?»

«Eh, insomma», la sento borbottare dal bagno del bungalow.

«Insomma cosa?» insisto.

Esce dal bagno e mi viene incontro nuda nella penombra. Ormai sulla sua pelle abbronzata il segno del costume è catarifrangente. In mano tiene la barretta di plastica del test di gravidanza.

«Che dice?»

«Le solite cose.»

«Ma non sei già all'ottavo giorno?»

«Al nono.»

«Appunto. È evidente: deve esserci un errore. Con tutti i piatti di pasta coi ricci che continuiamo a mangiare.»

Lei afferra la confezione del test sul comodino in vimini. Estrae il bugiardino. Legge ad alta voce: «Il test è sicuro al novantanove per cento. In certi casi possono tuttavia verificarsi risultati falsi e irregolari, positivi o negativi». Mi guarda.

«Hai di nuovo preso il test dell'altra volta?» le chiedo.

«No, questo è un altro. Ho mandato un sms a Tarita per farmi dire di che marca era il suo.» Sospira. «Uffa! Di solito quelle che non vogliono rimanerci dopo un tot di ritardo tipo fanno il test e risultano incinte. Tu che invece vuoi troppo rimanerci e hai un ritardo di sette giorni – dico sette giorni – zero.»

«Guarda che è più comune di quanto non si creda.»

«Avere un ritardo di sette giorni senza rimanerci?»

«No, volerci rimanere e non rimanerci.»

«Già. A parte Tarita, naturalmente. Quella stronza! Dio mio quanto la odio!»

«Tarita? Ma non è la tua migliore amica?» le chiedo, tirandomi su a sedere sul letto.

«È una puttana! Una grandissima puttana! E c'è rimasta pure con uno che è padrone di mezza Firenze! Che quando deve soffiarsi il naso non adopera fazzoletti di carta, ma solo quelli di seta che compra da Etro! L'unico vero amore della sua vita! Ma se si è fatta tutta Milano! E poi manco si conoscono!»

«Ascolta, Benedetta», cerco di calmarla. «Non è mica una gara tra te e lei...»

«E certo che non è una gara tra me e lei! Chi cazzo se ne frega di quella bagascia! È solo che ha un culo da non credere!»

«Tieni conto che non è che ci stiamo provando da sei mesi», cerco di farla ragionare.

«Be', due non sono pochi, visto e considerato che c'è gente che tipo decide di rimanerci e voilà, al primo colpo ci rimane. Comunque chissenefrega di Tarita. Quello che vorrei capire è perché questo maledetto test è negativo.»

Guarda con odio la barretta di plastica.

«Sarà un test scaduto», ipotizzo.

Lei controlla la confezione. «Scade a dicembre.»

«Non hai un altro test?»

«Questo è già il secondo. Il primo l'ho fatto stamattina alle sette...»

«Ma non mi hai svegliato», la interrompo io.

Annuisce.

«E ovviamente era negativo anche quello.»

«Bravo.» Posa la confezione sul letto supplementare a una piazza accanto al nostro e si sdraia al mio fianco.

«Io non ci credo, a questi test», le dico, abbracciandola.

«Mi sa invece che ci devi proprio credere», mi fa lei.

Per qualche istante rimaniamo in silenzio. Fuori, al di là delle persiane chiuse, c'è di nuovo un gran sole. Come ogni mattina, un paio di tortore tubano sui pini. E da qualche parte si sente il solito raduno di cicale. Forse si potrebbe andare a Erice, penso. Per quel che ricordo, lassù fa sempre più fresco. Erice. Mi ci portava sempre papà, la domenica pomeriggio. Con mamma andavamo a mangiare le paste di mandorla nel caffè gestito dalle sorelle Grammatico, quelle della pasticceria. Non so se mi va davvero di tornarci. Benedetta sospira, e sbotta: «Non è che se non ci riusciamo tipo entro una certa data tu mi cambi troppo idea, vero?»

«Cambio idea su cosa?»

«Sul fatto di avere figli.»

«Ma per chi mi prendi? Mastella?»

«E chi è? Un tuo amico che ha cambiato idea?»

«No, uno di quelli di cui parlano i giornali che tu non leggi, saggiamente. Lasciamo perdere.» La guardo fisso negli occhi. Il suo profumo, la sua pelle liscia smuovono qualcosa dentro di me. E anche fuori. «Non cambio idea, Benedetta. Vedi?»

«Continueremo a provarci, se per caso... non ci sono rimasta?» Mi prende per mano. Ma non la mano.

«Tu che dici?»
«Dico di sì, a giudicare da quello che vedo.»
Mi lecca un orecchio.
«Cercherò solo di non esagerare», mugolo.
«Perché?»
«E se ci fossi già rimasta? E se poi nasce chessò, con un bernoccolo in testa o il naso da pugile?»
«Quanto sei scemo!» mi fa.
Per un po' continuiamo ad accarezzarci. E sto per penetrarla quando a un tratto, inaspettatamente, lei mi pianta lì e senza una parola si alza.
«Be'? Che succede?» chiedo.
«Vado a fare di nuovo la pipì. Giusto per vedere che dice la macchinetta.»
«Ma perché, scusa?»
«Be', se si accende la lucina rossa lo facciamo, altrimenti no. Mica voglio sprecare così il tuo preziosissimo liquido seminale, ti pare?»

QUATTORDICI

«Tu che vuoi?»

«Visto che a quest'ora la pasta coi ricci non la fanno, una granita con brioche.»

«Due granite con brioche, per favore.»

Dato che la lucina era verde, Benedetta ha deciso che era meglio non sprecare il mio preziosissimo liquido seminale e andare al mare. Risultato: prima di uscire, ho dovuto fare la classica doccia fredda. Amen. Sulla strada per il mare ci siamo fermati all'Antica Pasticceria De Gaetano. Ora, ho scoperto, ha una nuova sede a Porta Garibaldi. E ho appena ordinato le nostre consumazioni al ragazzo dietro il banco quando nello specchio alle sue spalle intravedo un paio di baffoni. Non più grigi, ma bianchi. Non riesco a trattenermi.

«Colonnello Rallo!» esclamo, voltandomi di scatto.

«Generale, prego», mi risponde lui, scrutandomi severo. Il suo sguardo manda lampi azzurri. Noto che si appoggia a un bastone. «Lei chi è? Si qualifichi!»

«Colonn... cioè, generale, sono Luca», rispondo. «Luca, il figlio del maggiore Bianco.»

«Oh, Luca!» mi fa lui, sorridendomi. «Che sorpresa! E che piacere, rivederti!»

Ci stringiamo a lungo la mano, guardandoci negli occhi. Non avrei mai immaginato di trovarlo ancora qui, dopo tutto questo tempo. Ormai avrà più di ottant'anni. Malgrado l'età, ha una stretta fortissima. Gli indico Benedetta.

«Posso presentarle Benedetta, mia moglie? Benedetta, il colonn... il generale Rallo.»

Lui le fa un baciamano perfetto.

«*Enchanté*, signora. Conosco Luca da quando era bambino. E io ero un colonnello in servizio attivo, anziché un generale in pensione. Il maggiore Bianco, il padre di Luca, era di stanza qui a Birgi. 37° Stormo. Ufficiale straordinario. Pilota superbo. Padre eccezionale.»

«Luca non me ne parla mai», gli dice lei.

«Davvero? Fa male. Uomini così oggi non ce ne sono più. Spariti. E anche allora erano rarissimi, come si è visto.»

«Generale», mi intrometto. «Che cosa posso offrirle?»

«Che posso offrire io a voi, piuttosto. Non dimenticarti che siamo in Sicilia.»

«Ecco le due granite con brioche», ci avverte il ragazzo dietro il banco.

«Per me una mezza granita», gli fa il colonnello, che per quanto mi riguarda è rimasto tale.

«Con brioche, signor generale?»

«Senza.»

«Non sapevo che fosse rimasto a Marsala», gli dico.

«In realtà, dopo... l'incidente che capitò a tuo padre feci domanda di trasferimento. Venni accontentato. Sardegna. Poi in Veneto, con gli americani. Ne avrei fatto a meno, si capisce. Poi quando mi hanno rottamato, con mia moglie abbiamo deciso di tornare qui. Dalle parti del Lido Delfino, trent'anni prima, c'eravamo fatti costruire una casa. Per quando sarei andato in pensione, appunto. All'epoca il litorale era ancora deserto.»

«La ricordo bene. Ogni tanto ci invitavate lì, la domenica pomeriggio. E come sta la signora Franca?»

«Morta l'anno scorso. Tumore.»

«Oh, mi spiace.»

«A lei no. Soffriva molto. Ma voi ragazzi che ci fate da queste parti? Come mai non siete in posti più alla moda? Taormina, Cefalù, San Vito Lo Capo?»

«È che vogliamo stare stratranquilli, ed evitare proprio i posti più alla moda, ormai inflazionatissimi», spiega Benedetta, che intanto ha preso a inzuppare nella granita la sua brioche. «Ieri ad esempio da Favignana siamo tipo scappati. Sa, Luca e io siamo troppo in viaggio di nozze.»

«Viaggio di nozze? Ma allora vi siete appena sposati!»

«Da una decina di giorni», gli dico.

«Oh, felicitazioni! Felicitazioni!»

«Grazie, colon... cioè, generale. Ricorda quando intorno a Ferragosto ci andavamo sulla sua barca a vela, a Favignana?»

«Altroché. Con tuo padre pescavamo certi saraghi! Mia moglie li faceva alla griglia e ce li mangiavamo direttamente in barca, all'ancora davanti a Cala Rossa... Altri tempi.»

«La sua mezza granita, generale.»

Per un po' gustiamo il ghiaccio tritato con aggiunta di zucchero e limone, Benedetta e io con le rispettive brioche, lui senza.

«Tu alla fine non sei entrato in Aeronautica, vero?» mi chiede il colonnello Rallo quando termina per primo il contenuto del suo bicchiere.

«Papà non ha voluto.»

«Capisco.» Poi lascia cadere l'argomento e mi chiede: «Non per farmi i fatti vostri, ragazzi, ma quanto vi fermate?»

«Tu che dici?» chiedo a Benedetta.

«Non sappiamo ancora», gli fa lei. «Credo una decina di giorni. Fino a dopo l'undici. Vogliamo troppo evitare di tornare a casa a ridosso di un'eventuale vittoria ai Mondiali dell'Italia, vero caro?»

«Non la seguo», le fa il colonnello Rallo.

«Abitiamo in centro», spiego io. «E... siamo un po' allergici ai festeggiamenti.»

«Più che altro Luca fa gli scongiurissimi perché l'Italia non vinca la Coppa del Mondo. Dice che sono tutti corrotti e dopati, e se mai accadesse addio scandalo, come al solito», aggiunge Benedetta.

«Questo è certo», taglia corto il colonnello. «Comunque: una sera mi piacerebbe invitarvi a cena. Il mio ex attendente mi dà una mano nelle rare occasioni in cui ho ancora ospiti, e cucina piuttosto bene. Anche se immagino abbiate di meglio da fare, piuttosto che passare una serata con un vecchio militare costretto a usare il bastone. Esprimetevi liberamente. Soprattutto lei, signora. Non siamo in caserma. E il bastone lo uso solo per camminare.»

Prima che io possa dire mezza parola, Benedetta gli fa: «Oh, no! Per noi va benissimo! Vero Luca? Lascia al generale il tuo numero di cellulare!»

«Certo che sì», concordo io, affrettandomi a segnare il numero su un tovagliolino di carta. Peccato che, mentre lo dico, pensi esattamente il contrario.

QUINDICI

«Ehi, dormiglione!»

Una mano mi scuote le spalle.

«Su, sveglia!»

Stavo sognando il colonnello Rallo. Io e il colonnello Rallo sulla spiaggia del Delfino in una giornata di sole. Papà pochi metri più in là, e però irraggiungibile. Io, ancora quattordicenne ma già calvo, che provo ad avvicinarmi a mio padre e però la spiaggia mi scorre sotto i piedi come un tapis-roulant, impedendomi di avanzare...

«Luca! Apri gli occhi! C'è la lucina rossa!»

Mi rigiro nel letto. Apro lentamente le palpebre. Benedetta incombe su di me. Tra le mani ha l'aggeggio che abbiamo comprato l'altro giorno in farmacia.

«Evviva!» esclama. «Su, datti da fare! Secondo questo coso, oggi ci rimango!»

Tira giù il lenzuolo, scoprendomi. Mi tiro su a sedere sul letto. Per fortuna non avverto alcuna fitta al ginocchio. Lei intanto ha posato l'aggeggio sul pavimento in cotto e si è sfilata la maglietta, rimanendo completamente nuda. Mi caccia una mano tra le gambe e afferra il mio apparato genitale.

«Allora? Questa famosa erezione mattutina? La vogliamo tipo esibire in tutto il suo splendore sì o no?»

Attacca a smanettare l'arnese con foga. Fuori dal

bungalow, cicale e tortore si sono già messe a fare il tifo. Va bene, ora vedi di concentrarti, mi dico. Non fare come l'altra volta. Non metterti a pensare a robe tipo il tuo passato o allo sbarco sulla Luna o a come si chiamava la moglie di Paolo Frajese buonanima. Soprattutto non pensare al sogno che hai appena fatto. A tuo padre sulla spiaggia del Delfino. La spiaggia che ti scorre sotto i piedi come un tapis-roulant. Tuo padre irraggiungibile.

«Luca, a che pensi?»

Mi prende una mano e se la porta alle tette. Comincio a impastargliele. Cerco di concentrarmi. Dài, diventa duro. È facilissimo. A parte l'altra volta, non hai mai avuto problemi. Su, pensa a qualcosa di eccitante. Pensa a... Elisabetta Canalis. Elisabetta Canalis sorpresa in spiaggia con Gabriele Muccino. Elisabetta Canalis in acqua con addosso un bikini bianco che le copre a malapena le tette superbe. Gabriele Muccino che intanto la spruzza. Però non pensare a Gabriele Muccino che intanto la spruzza, mi dico. Pensa a Elisabetta Canalis.

«Luca! Cerca di concentrarti! Ce l'hai di nuovo micriz!»

Cerco di concentrarmi su Elisabetta Canalis. Elisabetta Canalis in acqua. Il bikini bianco di Elisabetta Canalis. Elisabetta Canalis e le sue tette superbe, contenute a malapena dalla stoffa. Elisabetta Canalis e i suoi capezzoli bruni, resi turgidi dall'acqua e visibili sotto il bikini bianco. Elisabetta Canalis che sorride spensierata portando a spasso in acqua quelle sue tette superbe, ciascuna con in cima il rispettivo capezzolo bruno e turgido. Solo che poi arriva Gabriele Muccino, e la spruzza.

«Dài, Luca, su! Sforzati un po'! C'è la lucina rossa!»

Devi diventare duro. Devi diventare duro perché c'è

la lucina rossa. Devi diventare duro perché c'è la lucina rossa e quando c'è la lucina rossa normalmente non si scopa. Devi diventare duro perché c'è la lucina rossa e quando c'è la lucina rossa normalmente non si scopa, visto che si scopa quando c'è la lucina verde. Devi diventare duro perché c'è la lucina rossa e quando c'è la lucina rossa normalmente non si scopa, visto che si scopa quando c'è la lucina verde, ma se si scopa quando c'è la lucina verde lei non ci rimane. Devi diventare duro perché c'è la lucina rossa e quando c'è la lucina rossa normalmente non si scopa, visto che si scopa quando c'è la lucina verde, ma se si scopa quando c'è la lucina verde lei non ci rimane, mentre tu devi scopare con la lucina rossa per farcela rimanere. Devi diventare duro perché c'è la lucina rossa e quando c'è la lucina rossa normalmente non si scopa, visto che si scopa quando c'è la lucina verde, ma se si scopa quando c'è la lucina verde lei non ci rimane, mentre tu devi scopare con la lucina rossa per farcela rimanere, e poi starle accanto durante la gravidanza, assistere al parto, cambiare pannolini e mantenere tuo figlio o tua figlia fino a quando non andrà all'università avendo sperimentato nel frattempo tutta una serie di alcolici e stupefacenti. Fuori dal bungalow, cicale e tortore continuano a fare il tifo per me. Sudo.

Come se non bastasse, sento il trillo del cellulare che uso per comunicare con mia madre. Lo ignoro.

«Luca! Insomma! Si può sapere che ti succede? Cos'è? Non ne hai voglia? No, dico, questo è troppo il colmo: secondo la macchinetta sarebbe tipo il momento ideale per farlo, perché c'è la lucina rossa e di sicuro ci rimarrei, ma tu non ne hai voglia! A questo punto abbi almeno il coraggio di dire la verità! Di' che non ti piaccio più! Che ti sei stancato di me!»

SEDICI

«Per carità, mia madre non ha mai cucinato volentieri. Nell'acqua della pasta, distratta com'era, spesso metteva lo zucchero al posto del sale. Però me lo diceva sempre: i marsalesi non mangiano per vivere, vivono per mangiare.»

Domenica. È l'una del pomeriggio. Siamo seduti davanti alle nostre Corona in bottiglia a uno dei tavolini di plastica azzurra nell'azzurro *chiringuito* della spiaggia dei surfisti, che abbiamo scelto come base dopo aver scartato per via dell'affollamento sia i vecchi lidi Mediterraneo e Signorino, oggi rispettivamente chissà perché Pakeka e Tiburon Beach, sia il Delfino, che al contrario dei primi due ha conservato il suo nome originario, e mentre nel settore di spiaggia libera trillante di suonerie i marsalesi si affollano intorno agli ombrelloni dove le donne di casa stanno distribuendo a piene mani generi alimentari di ogni tipo pescati da borse di paglia o di plastica o termiche che somigliano a veri e propri frigoriferi portatili, tra cui caponate, insalate di polipo, pizze, paste al forno, panini *cunzati* ossia imbottiti e in linea di massima di dimensioni gigantesche, non possiamo fare a meno di guardare un bambino di sette o otto anni in piedi accanto al calcio-balilla, un bambino da Guinness dei primati, probabilmente il bambino più grasso del mondo, intento a divorare un'enorme forma di pane dai cui bordi fuoriescono, per quanto si riesce a vedere, melanzane, sarde, alici, aglio, olio, sale, cipolle, pomodori, pecorino a scaglie, olive, peperoncini, capperi. Il lavorio delle sue mandibole è metodico, incessante, e accanto a lui i genitori, a loro volta intenti a divorare forme di pane con l'identico ripieno e delle stesse dimensioni, lo incitano palesemente orgogliosi, ripetendogli a intervalli più o meno regolari il tipico *Mangia, sangu meu, mangia*, sorta di grido di battaglia marsalese nelle ore dei pasti ma non solo, perché a Marsala nell'arco della giornata si mangia praticamente senza soluzione di continuità: lo stesso *Mangia, sangu meu, mangia* rimasto impigliato nella mia memoria dai tempi ormai lontani dell'infanzia.

La situazione capelli in zona nuca, stamattina, mi è sembrata decisamente tragica. Stanotte ho faticato a prendere sonno a causa dei caroselli di auto e dello strombazzare dei clacson sulla litoranea. La Nazionale italiana deve avere vinto un'altra partita ai Mondiali di Germania.

«Ha le tette della Venier, la pancia di Costanzo e i fianchi di Platinette», mi fa Benedetta, riferendosi al bambino impegnato a fondo dal suo enorme panino. «E non è il solo.»

Mi guardo attorno. In effetti la spiaggia brulica di bambini sovrappeso, tutti intenti a mangiare.

«Il nostro lo terremo a freno», dico.

«Quale nostro? Quello che in teoria dovremmo concepire quando c'è la lucina rossa ma non ci si riesce mai?»

«Be', se non sbaglio non ti sono ancora venute.»

«Sappi che il tuo ottimismo è apprezzatissimo, ma ti assicuro che in grembo non porto niente. I test sono tutti negativi. E poi non ho zero segnali, capisci? Né nausea né vomito, niente di niente. Tarita, da quello che so, vomita di continuo.»

«Tarita è mezza anoressica, vomitava già prima. Non vuol dir niente il fatto che vomiti anche ora che è incinta.»

«Lei dice che non è assolutamente anoressica, è solo stramagra di costituzione. Metabolismo.»

«Sì, dicono tutte così, a Milano. La città col metabolismo più veloce d'Europa, no, del mondo. »

Sento il trillo del cellulare che uso per comunicare con mia madre. Lo recupero.

«Pronto... ciao mamma... sì tutto bene... sto benissimo, grazie... no, non lo tenevo spento... si vede che non c'era campo... ho capito... va bene... certo... sì, stai tranquilla... non preoccuparti... va bene... sì, te la saluto... ciao.»

Benedetta fa finta di niente. E mi chiede: «Davvero hai letto da qualche parte che Milano è la città col metabolismo più veloce del mondo?»

«No, scherzavo. Comunque vedrai, se non sei gravida.»

«Non lo sono.»

«Sì che lo sei», insisto. Dopodiché però mi blocco. Perché tra le persone in spiaggia ho individuato Katja.

«Vorrei sapere come fai a esserne così sicuro.»

Ci manca solo che mi veda e venga a salutarmi.

«Luca! Pronto?! Dico a te!»

Benedetta non ha mai dato segni di gelosia, ma con le donne non si sa mai. È vero, Katja e io siamo stati insieme una vita fa. Ma c'è sempre la gelosia retroattiva.

«Luca! Dico, si può sapere a che pensi?»

«Ehm», tossisco, mentre Katja giù in spiaggia si guarda attorno. «No, è che oggi non ho ancora aperto i giornali.»

Ne afferro uno e lo spalanco, nascondendomi.

«Vabbè, lasciamo perdere. Già che ci sei fammi un po' di rassegna stampa.»

«Allora... Vediamo...» Salto le pagine che parlano delle imprese della Nazionale italiana ai Mondiali di Germania. «Napoli: è emergenza. La città soffocata dall'immondizia. Avanza l'ipotesi di un Piano-Spazzatura. Potrebbero partire nei prossimi giorni i primi quantitativi di rifiuti diretti verso gli inceneritori di altre regioni... Italia: fa sempre più caldo. Le temperature ai valori massimi degli ultimi centocinquant'anni. Di fronte al rischio black-out, si fa strada l'ipotesi di un Piano-Pensionati per ospitare gli anziani a rischio in caserme dei pompieri, centri commerciali e supermercati... Intercettazioni: dopo Calciopoli, lo scandalo del calcio che ha travolto la Juventus, scoppia Vallettopoli. Richieste prestazioni sessuali per lavorare in Rai. I vertici dell'azienda di Stato: non ne sapevamo niente... Prodi: porteremo a termine il mandato datoci dagli elettori. Ma a Roma la maggioranza scricchiola già. Il nuovo premier smentisce qualsiasi ipotesi di nuove tasse... L'ex premier Silvio Berlusconi intanto non riconosce la sconfitta, parla di brogli e mette in dubbio i risultati delle elezioni: continueremo a ricontare le schede, ha dichiarato... Vladimir Luxuria: da quando sono diventato onorevole faccio fatica a trovare fidanzati... Naomi Campbell, l'ex di Flavio Briatore, devasta uno yacht infuriata con lo chef di un celebre ristorante versiliese, che avrebbe dovuto cucinare il pranzo per una festa in programma il giorno dopo sullo yacht del petroliere del Dubai che ospitava la top-model. Pare che il litigio sia stato causato da divergenze sulla scelta degli antipasti e sull'abbinamento con i vini. La modella ha devastato mobili e arredi preziosi, oggetti in cristallo, tende e arazzi… La Nasa ha perso la Luna. Scomparse le riprese originali del primo sbarco con i primi passi compiuti da Neil Armstrong sulla Luna il 20 luglio 1969…» Prendo fiato. Ho la bocca secca. Butto giù un sorso di Corona. Guardo Benedetta. «Tu che dici? Continuo?»

Lei non mi risponde. Abbasso il giornale. E allora capisco il perchè del suo silenzio.

Katja non è più in spiaggia. Ci ha raggiunti nel *chiringuito*. E mi sta sorridendo.

DICIASSETTE

«Luca! Ciao!»

Dice proprio così: *Luca! Ciao!* Abbasso definitivamente il giornale, ormai inutile.

«Katja?» faccio io.

«Katja?» fa Benedetta.

«Katja!» sorride lei. «Sapevo che ci saremmo rivisti!»

«Perché, vi eravate già visti?» interviene Benedetta.

«Sì», le dico io. «Nell'estate del '79.»

«Be', quella è stata la prima volta», sorride Katja. «Ma non l'unica. L'ultima invece è stata l'altroieri.»

Si sporge, mi bacia sulle guance. Ricambio imbarazzato.

«L'altroieri?» mi fa Benedetta.

«Sì», le dico io. «In farmacia. Cioè no, tu eri in farmacia e io ero da Gerardi, dove ho incontrato Katja. Tra l'altro: Benedetta, questa è Katja. Katja, questa è Benedetta.» Si stringono la mano. «Benedetta è mia moglie, Katja. Ci siamo sposati a Roma due settimane fa.»

«Già, siete qui in viaggio di nozze.»

«Più o meno», dico io. «Cioè, sì.»

«Come si dice in Italia in questi casi? Condoglianze?»

«No, congratulazioni.»

«Ah, è vero, che stupida! Congratulazioni!»

«Grazie.»

«E Katja? Chi è Katja?» interviene Benedetta, con

un tono di voce un filo risentito. Credo per via di quel *condoglianze*, che non si è capito se è venuto fuori per sbaglio oppure no.

«Katja è...» Esito. Mi riprendo. «Un'amica d'infanzia. Tedesca. Di Monaco, se non ricordo male. Vero, Katja?»

«Di Feldafing, a quaranta minuti di S-Bahn da Monaco.»

«Interessantissimo», fa Benedetta. «E com'è che siete diventati così amici?»

«Oh, non eravamo amici», sorride Katja. «O almeno, a me non sembra di ricordare proprio così. Tu che dici, Luca? Eravamo amici, secondo te? Si può dire esattamente così?»

«Be', no», mi stringo nelle spalle io. «Veri amici no. In fin dei conti i veri amici sono un'altra cosa.»

«Luca e io ci siamo conosciuti perché ero in vacanza con i miei genitori qui a Marsala, e affittavamo una villa al mare di proprietà di un ufficiale...»

«La casa del colonnello Rallo», intervengo io. «Quella che si era fatto costruire al Delfino, per la pensione.»

«Esatto. Ed è successo... come si dice, Luca?»

«Come si dice che?»

«È successo... un colpo di fulmine, no?»

«Un *colpo di fulmine*?» sbotta Benedetta.

«Sì, vabbè, più o meno», arrossisco io, e non capisco perché: magari per via delle rughe che segnano il viso di Katja, in particolare gli occhi. «Avevo appena quattordici anni.»

«E io diciassette», dice Katja.

«Ah, però», fa Benedetta. «Lei ne aveva diciassette.»

«Già», sorride Katja. «Come ora Andrea, mia figlia.»

La fanciulla in topless dell'altro giorno a San Teodoro, penso.

«Eccola là», continua lei, e ci indica il nugolo di kyte e windsurf nel blu del mare di fronte alla spiaggia. «È una ragazza molto sportiva. Ha preso dal padre, evidentemente.»

«Allora posso stare tranquilla», le fa Benedetta. «Non è di sicuro figlia di Luca.»

«Ma figurati!» abbozzo una risata. «Katja e io non ci vediamo da una vita.»

«Vent'anni», precisa Katja.

Segue un momento di silenzio. Porto una mano alla nuca. Ho la sensazione di aver perso qualche centimetro quadrato di capelli solo nel corso degli ultimi minuti. Mi schiarisco la gola ma non dico niente. Lo so: Benedetta sta facendo i conti.

«Vent'anni?» esclama a un tratto. «Ma se vi siete conosciuti nell'estate del '79, ventisette anni fa, vuol dire che vi siete rivisti.»

«Un paio di volte», mormoro.

«Oh, molto più di un paio di volte», ride Katja. «Ma eravamo ragazzi. Almeno: tu lo eri, Luca. Vivevi ancora con tua madre. E non ne volevi sapere di andartene di casa.»

Segue un altro momento di silenzio. Sotto il *chiringuito* passa un bambino grassissimo, con in mano un panino gigantesco. Sto per dire qualcosa, qualsiasi cosa. Magari un commento sull'obesità infantile, ormai dilagante. Ma Benedetta mi precede.

«Quante novità», sibila. «Del resto Luca non parla volentieri del suo passato. Ma come fa a conoscere così bene la nostra lingua, signora?»

Non posso fare a meno di notare una certa enfasi sulla parola *signora.*

«Oh, non la conosco tanto bene. Prima ho perfino confuso le condoglianze con le congratulazioni. Ma come tutti i tedeschi adoro l'Italia, ci vengo in vacanza da più di trent'anni. E poi a Monaco insegno Storia dell'arte, e all'epoca dell'università ho anche studiato l'italiano.»

«Ma che brava. Io invece in Germania non ci sono mai stata, al contrario di Luca.» Si volta verso di me. «E che posto è, questa Festafing?»

«Feldafing», la correggo. «Bella. Molto verde. Molte mucche. Molti alberi. Se non sbaglio lì vicino c'è anche un lago.»

«Lo Starnberger See, certo», dice Katja. «Dove mi portavi in barca alla Rosen Insel, l'Isola delle Rose. Ricordi?»

A un tratto fa molto più caldo di prima, e sento le gocce di sudore che mi scendono sulla fronte.

«Be', felicissima di averla conosciuta», dice Benedetta a denti stretti, rivolgendosi a Katja. «Io vado a farmi una nuotata.»

Dopodiché, se ne va.

DICIOTTO

Per un po', quando rimaniamo soli, Katja e io parliamo del più e del meno. La nuova Berlino. Il successo dei cibi bio. Il senso di colpa dei tedeschi per via dell'Olocausto. Poi a un tratto lei mi fa: «Allora, come stai?»

«Oh, be', non c'è male, direi. Direi abbastanza bene, grazie. Cioè, molto bene. In realtà sto molto molto molto bene. E tu?»

«Io? Sto come una donna di quarantatré anni che ha fatto un bilancio della sua vita e non è troppo soddisfatta, diciamo.»

«Be', prima o poi succede un po' a tutti, credo.»

«A te no? Dovresti appena averne compiuti quaranta, se non sbaglio.»

«Già. Ma per noi uomini è... diverso.»

«Ne sei sicuro?»

«Mah, sai, tutti dicono che sembro ancora un ragazzo», le dico, e penso: almeno finché non perderò troppi capelli sulla nuca.

«Quindi per te è una questione di apparenze, se ho capito bene.»

«Oh, no. È solo che... sì, mi sono appena sposato con Benedetta e abbiamo un sacco di progetti, ecco, e questo mi fa pensare che tutto sommato non è ancora il momento di mettersi a fare bilanci, più o meno.»

«Quali sono i vostri progetti?»

«Be', non so. Innanzitutto... fare un figlio.»

«Fare un figlio? Sei sicuro? Tu vuoi veramente fare un figlio?»

So a che cosa si riferisce. Non posso fare a meno di arrossire.

«Ehm», mi schiarisco la voce. «Sì. Fare un figlio. Nel corso degli ultimi venti anni ho... gradualmente cambiato idea, riguardo a questo argomento.»

«Lo credo bene. Se ricordi, ti ho lasciato soprattutto perché non volevi avere figli. Oltre che per il fatto che rifiutavi di lasciare tua madre per venire a vivere con me.»

«Tu stavi in Germania, Katja, lo sai. E mia madre aveva bisogno di me, dopo quello che era successo a mio padre. Ma poi che senso ha fare adesso questi discorsi?» mi stringo nelle spalle. «È passato un mucchio di tempo. Siamo cresciuti, giusto? Io mi sono appena sposato, e tu che desideravi tanto una figlia adesso ce l'hai, no? A proposito... suo padre?»

«Suo padre è morto. Overdose.»

«Oh. Mi spiace.»

«A me no. Ci ha fatto fare una vita d'inferno. Sono contenta che se ne sia andato.»

«Capisco.»

Vedo Benedetta in mare. Sta nuotando parallela alla riva, accanto al tratto vietato ai bagnanti per via dei surfisti. Non dovevamo venire in viaggio di nozze qui, penso.

«A che pensi?» mi chiede Katja.

«A niente.»

«Ma dài. Non è vero. Dimmi che ti passa per la testa.»

«Credo che da come si stanno mettendo le cose, per quel che ne capisco, presto scoppierà la terza guerra mondiale. O comunque verremo invasi e sopraffatti da moltitudini di affamati. Inoltre, mi fa male un ginocchio ed è molto strano, perché non ho fatto sforzi particolari e non ho preso nessuna botta. Problemi al menisco non ne ho mai avuti, e ai legamenti neppure. Quindi, sono quasi certo di avere un cancro. Per non parlare del surriscaldamento della Terra: la fine di tutto, che ancora pochi anni fa ci sembrava lontanissima, ormai è dietro l'angolo. E sarà orrenda. Tra parentesi, sono molto preoccupato per i miei capelli. Il peggio, però, è che tra poco, ai Mondiali di calcio, sarà inevitabile l'ennesima sfida Italia-Germania. E dato che l'Italia contro la Germania vince sempre, almeno quando si tratta di competizioni ufficiali, finirà per arrivare in finale e aggiudicarsi per la quarta volta la Coppa del Mondo. E all'idea che l'Italia per la quarta volta metta le mani sulla Coppa del Mondo, be', francamente mi viene la nausea.»

Lei mi squadra sbigottita. Poi mi fa: «Ma perché? Non sei italiano anche tu?»

«Sì, sono italiano anch'io. E spesso, molto spesso, direi sempre più spesso, me ne vergogno.»

«Ma ora quel vostro Berlusconi non c'è più.»

«Vedi, il problema non è Berlusconi. Il problema è che lui rappresenta meglio di chiunque altro la maggioranza degli italiani. La. Maggioranza. Degli. Italiani. Non so se ti rendi conto.»

«Ascolta, Luca: pensi veramente di avere un cancro al ginocchio? Tua moglie sa di questa tua angoscia?»

«Oh, no. Con lei non posso parlare di certe cose. Dice che sono paranoico-ipocondriaco, solo perché sono convinto che l'attacco dell'11 settembre sia opera della Cia, e perché quando ci siamo conosciuti c'erano forti indizi che avessi un cancro al retto e poi è venuto fuori che si trattava di...» Esito.

«Di?» insiste lei, teutonica.

«Di... vabbè, tanto ci conosciamo da una vita: di emorroidi.»

Per un po' restiamo in silenzio, più o meno. A uno dei tavolini nei pressi del calcio-balilla, due bambini obesi litigano accusandosi a vicenda di avere ottenuto dalla madre il panino più grande. Il trillare delle suonerie satura l'aria. E la radio del *chiringuito* trasmette la solita nenia hip-hop a base di *fuck* e *suck* e *cunt* e *yo*.

«Sai, a volte ti ho pensato in questi anni», mi dice Katja di punto in bianco. «A quello che avrebbe potuto essere...»

«Sarebbe potuto essere», la correggo.

«Sarebbe potuto essere», ripete lei, «e non è stato.»

E in quell'istante, ecco che alle sue spalle si materializza il surfista che osservavo proprio da questo tavolino solo pochi giorni fa appeso al suo kyte, quello più bravo degli altri, con i lunghi pantaloni scozzesi, solo che visto da vicino non è un surfista, ma una ragazza. Una ragazza alta, magra, lentigginosa, i capelli biondi tagliati corti. Che avvicinandosi sorride, mostrando un apparecchio per i denti. La figlia di Katja.

DICIANNOVE

«Allora? Com'è andata con la tua vecchia fiamma?»

Benedetta e io non ci siamo ancora detti una parola, dal momento in cui abbiamo lasciato il *chiringuito*. Ma quando mettiamo piede dentro al nostro bungalow naturalmente è lei a rompere il silenzio: me l'aspettavo, le donne in certe cose si assomigliano tutte.

«Ehm», mi schiarisco la voce, posando sul divano in vimini il pacco di giornali e la borsa con i costumi e gli asciugamani. «Non so se l'hai vista bene... Guarda che stai esagerando.»

«Perché? Non è la tua vecchia fiamma?» mi fa lei, sgusciando dal pareo e restando in T-shirt *vintage* con gli angioletti di Fiorucci e gli slip del costume.

«Certo che lo è. Ecco perché stai esagerando: è vecchia, ha quarantatré anni.»

«Ah, bene. Quindi se fosse più giovane dovrei già cominciare a preoccuparmi, a due settimane dalle nozze.»

«Ma di che parli? Non capisco perché te la prendi tanto.»

«Io? Ti sbagli, caro. Quella mummia non mi fa un plissé. Sei tu a darmi in testa, per come fai il misterioso. Non vuoi mai dirmi niente.» Si leva gli slip. Li esamina da vicino.

«Ma che c'è da dire?»

«Ah, non so. Fai tu.» Scuote la testa e borbotta: «Bah, ero sicura di stare ovulando… meglio così.» Butta a terra gli slip e mi squadra torva: «Allora?»

«Be', Katja è stata… più che una vecchia fiamma… direi… un flirt estivo di quando avevo quattordici anni, cioè un quarto di secolo fa. *Un quarto di secolo fa*, capisci? E a parte il fatto che nel frattempo come hai visto è decisamente invecchiata, be', si dà il caso che ti amo. E poi appunto, da due settimane a questa parte sono *addirittura tuo marito.*»

«*Addirittura?* Perché? Cosa preferiresti? Che continuassimo a recitare la parte dei fidanzatini?»

Oh, no, penso. Ora riattacca con la solfa dei fidanzatini.

«Lo so cosa stai pensando», mi fa lei, togliendosi anche la T-shirt ed entrando in bagno. Lascia aperta la porta scorrevole. «Stai pensando: *oh, no, ora riattacca con la solfa dei fidanzatini*, vero?»

«Senti, Benedetta. Io non so perché noi si debba discutere, non ne ho proprio idea, perché non c'è davvero nessun motivo al mondo per cui discutere. Per puro caso ci siamo imbattuti in questa tipa con cui venticinque, no, ventisette anni fa ho avuto una storiella adolescenziale da film di Muccino, ma neanche, guarda, da *Sapore di mare…*»

«Già, solo che poi vi siete rivisti, sei andato a trovarla enne volte in Germania, cosa che mi volevi troppo nascondere, come al solito, perché sul tuo passato non ti si cava un acca», mi fa, pisciando. «Tant'è che pur di saperne qualcosa, sul tuo passato, ho preferito fare il viaggio di nozze qui piuttosto che a Bali o in Thailandia, dove andrà presto Tarita. E t'ho detto tutto…»

«Benedetta, calmati, per favore…» la imploro, portandomi una mano alla nuca. Sento il trillo del cellulare che uso per comunicare con mia madre. Lo ignoro.

«LO SAI CHE NON SOPPORTO CHE MI DICI DI CALMARMI, SOPRATTUTTO QUANDO IN REALTÀ SONO CALMISSIMA. SEI TU CHE MI FAI INCAZZARE QUANDO FAI TROPPO IL RETICENTE.»

Tira l'acqua.

«Ok», le dico. «Non lo faccio più. Quando te ne sei andata a nuotare lei mi ha semplicemente raccontato qualcosa a grandi linee, così, come fanno normalmente due persone che non si vedono da ventisei anni e...»

«Venti», mi corregge lei. «Sono solo vent'anni che non vi vedete.»

«D'accordo, da vent'anni, e si ritrovano per caso e allora ci si chiede come stai e cosa fai eccetera, tutto lì.»

«E che fa, di grazia, la tua vecchia fiamma?»

«L'ha detto anche a te: insegna Storia dell'Arte a Monaco di Baviera e sono trent'anni che viene in vacanza in Italia.»

«E naturalmente anche se gira per l'Europa in camper con una figlia, la signora è sola soletta, vero?» mi chiede, infilandosi sotto la doccia. «Come l'ha fatta la ragazzina? Inseminazione artificiale da donatore sconosciuto?»

«Il padre della ragazza è morto. Di overdose.»

«Ah, bene», la sento dire sotto l'acqua che scroscia. «Ma che bella famigliola. La figlia che fa? Si prostituisce? O si limita a fare la spogliarellista? Da come spalancava le gambe l'altro giorno non mi stupirei.»

«Vabbè», le dico. «Vuol dire che quando ti cal... cioè, che quando ci calmiamo magari ne riparliamo. Io...» Mi blocco.

«Tu?»

Già, io? Che faccio? Mi guardo attorno, smarrito.
«Tu che?» insiste lei. «Si può sapere?»
«Io… vado a fare una passeggiata. Ciao.»
La sento borbottare qualcosa sotto la doccia. Giro i tacchi. Incespico in una stuoia di paglia. Me ne vado.

VENTI

Seduto con le gambe penzoloni sul pelo dell'acqua all'estremità del molo per Mozia, guardo l'isola che si staglia nera contro il cielo invaso dal rosso del sole sul punto di tramontare al di là dell'orizzonte, nel breve tratto di mare che da qui sembra quasi unire anziché separare Marettimo e Favignana. Ho mal di testa. Ma per una volta non vengo sfiorato dal dubbio che si tratti di un cancro al cervello. È che a un tratto sono confuso. In teoria dovrei sentirmi felice all'idea di diventare padre. E fino a oggi in effetti mi sembrava di esserlo. Così come per avere sposato Benedetta. Solo che ritrovare Katja dopo tutti questi anni mi ha... turbato, ecco. Non perché lei mi dica ancora qualcosa, questo no. Ormai ha quarantatré anni. Ricordo che la prima volta la vidi uscire dal mare al Lido Delfino, indossava un bikini giallo con i bordi blu. Noi, papà, mamma e io, eravamo scesi in spiaggia con il colonnello Rallo e sua moglie. Il colonnello mi prese per mano e mi portò da lei, che intanto si stava asciugando i capelli con un telo bianco. *Luca,* mi disse strizzandomi un occhio, *questa è Katja, la figlia dei tedeschi a cui abbiamo affittato la casa al mare. Suo nonno ha fatto la guerra con me, quand'ero ragazzo, tanti anni fa.* Katja e io ci guardammo, e mi innamorai di lei. O almeno credetti di innamorarmi. Non mi era mai successo nulla di simile, prima di allora. A scuola, alle medie, avevo messo gli occhi su un paio di ragazzine. Ma Katja era più grande di loro e di me, e veniva da un posto esotico, la Germania. Non c'era gara tra lei e le mie compagne di classe, tra l'accento tedesco di lei e quello siciliano di loro. Katja evocava con ogni suo gesto o sguardo un mondo lontano, a me sconosciuto. Non era solo una bella ragazza straniera, rappresentava le infinite possibilità del futuro. Chiacchierare in spiaggia con lei, o incontrarla per caso un pomeriggio alla Standa e scambiare un sorriso e un saluto alla presenza dei rispettivi genitori, era già lasciare Marsala zaino in spalla, esplorare luoghi sconosciuti. Ricordo una sera, il colonnello Rallo e sua moglie ci avevano invitati al mare, nella casa che avevano affittato a quella famiglia tedesca, perché la madre di Katja aveva voluto organizzare una cena bavarese per tutti. Mangiammo in giardino wurstel e crauti, e feci il possibile per farmi piacere la senape. Dopo cena il padre di Katja montò il proiettore e fece scorrere su un lenzuolo centinaia di diapositive: si era divertito a documentare il viaggio da Feldafing a Marsala. Per la prima volta in vita mia, approfittando del buio e del riparo offerto da un pino marittimo, baciai una ragazza. Katja e io ci baciammo molte altre volte, e un giorno facemmo l'amore nel garage del colonnello, approfittando del fatto che tutti erano in spiaggia.

Il giorno della sua partenza ci scambiammo gli indirizzi. Quando l'auto con la D accanto alla targa sparì in direzione di Palermo, piansi. La prima lettera gliela spedii quella mattina stessa. Poi ne vennero altre. Dopo la morte di papà, smisi di scriverle. Lei per un po' continuò a farlo. A un certo punto credetti di dimenticarla. Ma a diciott'anni, quando finite le superiori decisi di affrontare la mia prima vacanza da solo, feci un biglietto Inter-Rail e finii a Monaco. Su un'agendina avevo ancora il suo indirizzo e il numero di telefono. La chiamai. Per puro caso lei in quel momento non era fidanzata. Fu così che ci mettemmo insieme, e che iniziarono i miei frequenti viaggi tra l'Italia e la Germania. Non potevamo immaginare allora che a una ventina d'anni di distanza ci saremmo rivisti proprio qui, lei con una figlia, io fresco sposo. Katja, Katja. Eri così bella, da ragazza. Ora dimostri tutti gli anni che hai, forse anche qualcuno in più. Probabilmente a causa della vita che deve averti fatto fare il padre di Andrea. Deve essere stata molto dura per te. Dio mio, com'eravamo giovani. Com'*ero* giovane. Sembra l'altro ieri. Ma tra appena dieci anni ne avrò cinquanta. Arriveranno in fretta, molto in fretta. Ora lo so. Ho sempre creduto che se mai ci fossimo rivisti avrei provato chissà quali emozioni. Invece riesco solo a pensare a quanto siamo invecchiati. A quanto *sono* invecchiato. E non so, ma il fatto di essermi sposato, e di poter diventare padre molto presto, be', non mi fa sentire benissimo. No, decisamente no. Sento nuovamente il trillo del cellulare che uso per comunicare con mia madre.

«Pronto... ciao mamma... scusa, non l'ho sentito... ho capito... va bene... certo... sì, stai tranquilla... sto benissimo... non preoccuparti... va bene... sì, te la saluto... ciao.»

Era questo che volevo?

È passato tutto così in fretta.

VENTUNO

Quando sulla Palermo-Trapani arriviamo al cartello che segnala l'uscita per Segesta ormai è sera.

«Speriamo sia aperto», dico a Benedetta.

«Se non avessi perso tipo tre ore per cambiarti al ritorno dalla spiaggia magari avremmo fatto prima.»

Imbocco l'uscita scalando le marce della Rover a noleggio, e quando lasciamo l'autostrada cominciamo a salire in mezzo ai campi. La frescura emanata degli alberi entra attraverso i finestrini abbassati. In lontananza, a perdita d'occhio, colline bruciate dal sole.

«Ehi, ascolta», mi fa Benedetta mentre affrontiamo una curva a gomito.

Tendo l'orecchio. Oltre il sottofondo prodotto dai grilli si sente qualcos'altro.

«Ancora un gregge. Speriamo non ci siano passaggi a livello.»

Non ce ne sono. Saliamo lungo la carreggiata tutta curve finché a un bivio un cartello marrone di quelli usati per segnalare i siti archeologici non ci indica la svolta a destra. Svoltiamo. E dopo pochi metri ecco una recinzione, e oltre la recinzione alcune panche di fronte a un bar illuminato. Parcheggio accanto a una Panda nera vecchio modello, dopodiché scendiamo dal nostro fuoristrada e ci avviamo. Oltre la recinzione, un sentiero polveroso si inerpica tra gli alberi fino a una spianata ghiaiosa.

«Questa non me la ricordavo», dico a Benedetta. «L'avranno fatta per i pullman dei turisti che arrivano da Palermo.»

«Quando ci sei venuto, l'ultima volta?»

«Nel '79, credo. Un anno prima di lasciare la Sicilia. Con mio padre e il colonnello Rallo.»

«Generale!» mi corregge lei.

«Generale, è vero. Ma all'epoca era ancora colonnello.»

Facciamo un altro pezzetto di sentiero. Alzo gli occhi. In cielo si sono già accese le stelle. Poi, all'improvviso, eccolo.

«Guarda! È lui!»

Benedetta resta a bocca aperta. Il tempio, illuminato dai riflettori, si erge giallo oltre il fogliame. È di pietra, ma sembra vivo. Per un istante ti cattura e ti porta indietro di duemila anni.

«Fa impressione, vero?»

«Troppissimo!» esclama lei. «È strastupendo! Ho fatto bene a insistere perché mi portassi qui!»

Affrettiamo il passo, ma inutilmente. Da qualche decina di metri di distanza un tipo con la barba di tre giorni ci fa segno di fermarci. Alle sue spalle scorgo una seconda recinzione e una sorta di gabbiotto.

«Chiuso è», ci grida. «Domani.»

Una coppia sta tornando indietro. Devono essere gli occupanti della Panda nera vecchio modello. Mi volto verso Benedetta, scuotendo la testa.

«Insisti almeno un po'!» mi fa lei.

Torno a guardare il tipo con la barba di tre giorni.

«Un minuto solo!» tento.

Il tipo con la barba di tre giorni mi fa cenno di no e mi indica la coppia, facendomi capire di averla appena respinta alla frontiera.

«Mi sa che dobbiamo accontentarci di guardarlo da qui», dico a Benedetta.

«Uffa!»

Restiamo immobili ad ammirare il tempio mentre la coppia ci oltrepassa scendendo lungo il sentiero. Lui sembra un hooligan, braccia tatuate, cranio rasato a zero, maglietta con su scritto CALCIO BALILLA. Benedetta mi sussurra: «Vedi che anche i teppisti da stadio possono avere interessi culturali insospettabili?»

«Hai ragione. Riconosco i miei pregiudizi. Mai dare nulla per scontato.»

Lei mi cinge la vita con un braccio. «Soprattutto chi ami», mi fa.

Ci guardiamo. Ci baciamo. Ci abbracciamo.

«Mi spiace per ieri. Non volevo fare scenate. È solo che quella tua vecchia fiamma... non so perché, mi ha fatto innervosire.»

«Non importa. Non è successo niente.»

«Vero che d'ora in poi litigheremo zero?»

«Proprio no.»

«E che ci godremo troppissimo questa nostra vacanza? In fondo siamo qui in viaggio di nozze...»

«Assolutamente sì.»

Ci stringiamo forte.

«Mi amerai per sempre, Luca?»

Con la testa sulla sua spalla, guardo il tempio dietro di lei. Non c'ero venuto con papà e il colonnello Rallo, l'ultima volta. C'ero venuto con Katja, in motorino. Le avevo messo un fiore di zagara tra i capelli e ci eravamo promessi amore eterno, come si fa da ragazzi. Poi però l'ho promesso anche ad altre. Paola. Valeria. Silvia. Monica. Emma. Stefania. Giulia. Francesca. Anna. Gabriella. Sandra. Chi se le ricorda.

«Certo che ti amerò per sempre, Benedetta.»

VENTIDUE

Sotto l'ombrellone sto ascoltando a occhi chiusi sul mio iPod l'ultimo disco di Madonna. Ieri notte ho faticato a prendere sonno a causa dell'impazzare dei clacson lungo la litoranea: la Nazionale italiana deve avere vinto un'altra partita ai Mondiali di Germania. A un tratto sento la mano di Benedetta che mi scuote un braccio. Apro gli occhi. È ancora lì lunga distesa sotto il sole, alluci smisurati, gambe lunghissime, abbronzatura in corso, e mi sta dicendo qualcosa. Mi tolgo le cuffiette.

«Come?»

«Dài, fammi la rassegna stampa.»

«Ancora?»

«Eh! Così passo un po' il tempo! Oggi c'è un caldo troppo feroce.»

«E poi il maniaco dei giornali sarei io! Pensa che stamattina non ho ancora avuto il coraggio di aprirli.»

«Ho notato. Come mai?»

«Uhm... dai titoloni direi che la Nazionale italiana veleggia ormai sicura verso la semifinale contro quella tedesca: in teoria se ho capito bene ci sono ancora un paio di incontri, ma stando agli esperti sono contro squadre minori. Pare che il percorso per gli Azzurri da qui in avanti sia un'*autostrada*, testuali parole.»

«Be', magari è la Salerno-Reggio Calabria.»

«Sì, ma questi hanno troppo culo. Figurati che contro l'Australia hanno vinto in dieci all'ultimo minuto prima dei tempi supplementari grazie a un rigore inventato dall'arbitro. Vedrai.»

Benedetta oggi ha voluto far spiaggia a San Vito Lo Capo. Questa volta non ha dovuto insistere: da ragazzo stranamente non c'ero mai stato, è un posto privo di ricordi. Ormai siamo qui da un paio d'ore. È sabato, e l'enorme distesa di sabbia bianca ornata da palme e chiusa alle due estremità da monti in stile Copacabana è affollata all'inverosimile. I giovani giocano a beach-volley. Gli adulti telefonano al cellulare. I vecchi fanno le parole crociate. I bambini mangiano. Spronati dalle mamme: per chilometri e chilometri, sul sottofondo delle suonerie, è tutto un *mangia, sangu meo, mangia.*

«Com'è l'acqua?» chiedo a Benedetta, afferrando i giornali nella borsa di fianco al mio lettino. Poco fa è andata a bagnarsi.

«Oggi per quanto mi riguarda ho chiusissimo. Se voglio rinfrescarmi vado a fare una doccia.»

«Perché?»

«Perché prima per poco non andavo a sbattere contro... bah, lasciamo perdere.»

«Meduse?»

«No. Una merda.»

«Di cane?»

«Umana.»

«Che schifo.»

«E non era neanche l'unica. Non farmici pensare che vomito. Me la fai una rassegna stampa? Così mi distraggo.»

Afferro un quotidiano a caso. Leggo.

«Ehm... allora... vediamo che succede... Napoli: l'emergenza rifiuti a una svolta. Partiti i primi carichi di immondizia alla volta degli inceneritori di altre regioni. Il Piano-Spazzatura funziona… Termometri roventi in tutta Italia. Temperature record da Bolzano ad Agrigento. Nuovo allarme black-out: nei negozi non si trovano più condizionatori. Il Piano-Pensionati potrebbe scattare nelle prossime ore… Intercettazioni: dopo Calciopoli e Vallettopoli, scoppia Savoiopoli. Arrestato Vittorio Emanuele per sfruttamento della prostituzione e corruzione. I vertici del Casinò di Campione: non ne sapevamo niente… Prodi: faremo il nostro lavoro per il bene dell'Italia, se mi costringono alle dimissioni altri cadranno con me. Smentite ipotesi di nuove tasse. Voci non confermate di tensioni nella maggioranza… L'ex premier Silvio Berlusconi intanto non riconosce la sconfitta, parla di brogli e mette in dubbio i risultati delle elezioni: continueremo a ricontare le schede, ha dichiarato… Secondo Pecoraro Scanio, al presidente del Senato Marini va la palma di Mister Simpatia… Gli esperti in comunicazione: le giornaliste battono le attrici e le modelle nella classifica delle donne più desiderate sui calendari dagli italiani. Ilaria D'Amico nuda vale ottocentomila euro. Al secondo posto Maria Luisa Busi con seicentomila. Prevale quindi l'immagine della donna di potere, colta e preparata… Cervo kamikaze si suicida bloccando treno a Bardonecchia…» Mi fermo, boccheggiante. Prendo fiato. «Tu che dici? Vado avanti?»

«Mah, quasi quasi vado a farmi un tuffo.»

VENTITRÉ

«Che si fa?» mi chiede Benedetta. «Si sta troppo coprendo.»

Guardo il cielo sopra di noi. In effetti si sta davvero coprendo. E la lunga spiaggia di Marausa, tacitamente scelta per evitare incontri indesiderati, comincia poco per volta a svuotarsi.

«Idee? Proposte?»

«Be', potremmo...» M'inceppo. Potremmo che?

Lei si allaccia in vita il pareo, si sfila gli slip del costume e, ignorando gli sguardi dei bagnanti intorno a noi, li esamina accuratamente, anche in controluce.

«No. Non sto ovulando. Andiamo a Erice», decide. «È qua vicino.»

In auto, lungo il tragitto dalla spiaggia fino a Erice, parla di Tarita e della sua gravidanza. Io armeggio con lo specchietto retrovisore tentando inutilmente di controllare la situazione capelli sulla nuca. La ascolto solo a tratti.

«Pensa che da ragazzina ha pure abortito due o tre volte... La prima quando eravamo al liceo... Credo in terza, a sedici anni, non so se ti rendi conto... Infatti aveva strapaura di non poter più avere figli... Ma naturalmente c'è rimasta al primo tentativo...»

Quand'ero bambino e andavamo a Erice, papà mi raccontava sempre la leggenda della maga Circe.

«Mi dà troppo in testa sapermi invidiosa di lei, ma ti giuro non posso farne a meno... Sarebbe favoloso avere un bambino nostro... Tra l'altro Tarita mi ha consigliato tipo di fare la candela dopo che tu sei venuto... Lei dice che c'è rimasta così e che è un metodo infallibile...»

Poi mi prendeva sulle spalle e mi faceva passare sotto un arco in pietra dov'era incastonata un'edicola con la Madonna.

«Sai, non te l'ho detto perché non vorrei sembrarti fissata, ma da quando cerchiamo di avere un bambino non vedo altro che donne incinte o coppie col passeggino... Secondo me se questo mese non ci rimango dovresti tipo andare da un andrologo...»

Affacciati ai merli del castello guardavamo i campi bruciati dal sole e lui mi diceva che era così che vedeva la terra quand'era a bordo del suo aereo.

«Ma ti pare possibile? Ho un ritardo di dodici giorni e ancora zero sintomi... Io comunque di anni ne ho solo trentuno e Monica Bellucci ha avuto una figlia a poco meno di quaranta...»

L'anno della sua morte abbiamo fatto in tempo ad andare su al Castello di Venere soltanto una volta.

«Comunque mi dico anche che stiamo provando da appena due mesi... E che se Tarita c'è riuscita al primo colpo non significa che non possiamo riuscirci anche noi...»

Lui e la mamma mi avevano appena regalato una Polaroid per il mio compleanno, e quella domenica a Erice ci siamo fatti un mucchio di foto.

«Forse dovremmo farlo di più la mattina, dicono che sia il momento migliore... Ehi!» strilla a un tratto quando ormai ci siamo addentrati in Trapani. «Guarda che qui devi svoltare a sinistra!»

«Scusa.»

Svolto a sinistra, imboccando la salita tutta curve che da Trapani porta a Erice. Mentre saliamo lei continua a parlare.

«È anche una questione di ritmi, c'è chi sostiene che dovremmo farlo tipo tutti i giorni due volte al giorno... altri invece giurano che l'ideale è un giorno sì e uno no, in modo che il seme abbia il tempo di rigenerarsi...»

Ricordo lo stupore di vedere uscire le foto, dapprima quasi bianche, poi sempre meno sbiadite, e il volto di papà che poco per volta prendeva forma, immortalato nell'atto di mangiare un gelato.

«L'importante è farlo come se non stessimo zero cercando un figlio, così, strasuperilassati... Anche perché quando lo fai per cercare un figlio non ci rimani mai, è una legge di natura... A parte quella stronza di Tarita, ovvio...»

La mamma non ha mai amato farsi fotografare. Era timida, di fronte all'obiettivo. Credo che rimpianga ancora oggi di avere così poche foto insieme a papà.

«Se invece non lo cerchi, be', allora stai sicura che arriva subito... È matematico, guarda, prendi le precauzioni che vuoi, se non vuoi rimanerci prima o poi ci rimani...»

Povera mamma, sempre chiusa in casa. Lei che con papà la prendevamo in giro perché era sbadata e si dimenticava sempre tutto, alla fine si è imposta di vivere di ricordi. E di telefonate al sottoscritto.

«La dieta ideale per l'uomo credo preveda di evitare le patate, sembra che pregiudichino troppissimo la fertilità... Se per caso uno di questi giorni mi vengono nonostante il ritardo sarà meglio che tu le abolisca del tutto...»

Io invece per tanti anni ho fatto il contrario: dei ricordi mi sono imposto di fare a meno. Ecco perché non volevo più tornare quaggiù in Sicilia. Do una rapida occhiata alla mia sinistra, scorgo le isole a mollo nel blu del mare, e Trapani gialla che si protende verso di loro.

«A parte il fatto che quello che mangio io lo mangi anche tu, quindi la prima a dover abolire le patate è la sottoscritta... Tanto in questo periodo mi nutro solo di pasta coi ricci... A proposito: ho una voglia di pasta coi ricci da star male...»

All'ennesima curva, le rocce gialle che ci hanno accompagnato fin qui lasciano il posto a una pineta nera. Un'altra curva ancora e poche centinaia di metri dopo ecco le strisce blu a pagamento a uso dei turisti, che difatti non mancano. Parcheggio l'auto nell'ultimo posto disponibile. Poi infilo qualche spicciolo nell'apposita macchinetta e piazzo la ricevuta sul cruscotto. Mano nella mano, c'incamminiamo tra un gruppo di americani in T-shirt, pantaloncini corti color cachi e scarpe sportive bianche sulla via lastricata di pietre che porta nel cuore della cittadina medievale.

«È qui che il professor Zichichi chiama a raccolta ogni anno una serie di scienziati che discutono sullo stato di salute del mondo», spiego a Benedetta.

«Ah sì? Chissà che manica di ottimisti.»

«Già. Pare che ormai la plastica sia entrata stabilmente nella catena alimentare dell'uomo. Attraverso i pesci, specie quelli di grandi dimensioni, che ne ruminano grandi quantità a causa dei rifiuti che gettiamo nei fiumi e nei mari. E sembra che la cosa abbia delle conseguenze sul nostro apparato genitale: dicono che comporti una diminuzione della fertilità.»

Lei lascia immediatamente la mia mano e si pianta in mezzo alla strada.

«MA TU DIMMI CHE COSA CAZZO MI TOCCA SENTIRE! ERAVAMO IN GITA DI PIACERE IN QUESTO POSTO STRACARINO E TU ME LO TRASFORMI SUBITO IN UN POSTO DI MERDA!»

Non faccio in tempo a dire una sola parola: mi molla lì tra gli americani e se ne va.

«Benedetta!» la chiamo. «Benedetta!»

Tira dritto senza voltarsi. Ha già girato l'angolo. Un americano mi sorride e mi fa:

«*Italian women! Wow!*»

Lo ignoro e seguo la mia consorte. Ma quando giro l'angolo è già sparita. Accelero il passo, inoltrandomi nel dedalo di stradine medievali deserte che si apre dietro l'affollata via principale.

«Benedetta!» chiamo. «Benedetta!» Inutilmente.

Dalla reazione che ha avuto, mi dico, difficile che sia davvero incinta. Scatti del genere, in una donna, sono inequivocabili. Annunciano l'arrivo inesorabile delle mestruazioni. A un tratto, dietro a un portone spalancato, scorgo un cortile fiorito. Entro a controllare. Bouganvillee e rosmarino, gerani e basilico. Sembra di stare in una fiaba, c'è perfino un nanetto di quelli che da qualche lustro a questa parte vengono liberati in giro per l'Europa da attivisti che non hanno trovato cause migliori di cui occuparsi. Ma di Benedetta non c'è traccia.

«Benedetta!» chiamo. «Benedetta!» Macché.

Torno sulla via deserta, sorpasso un negozietto di souvenir in posizione sfigatissima con i consueti pupi sull'uscio e le immancabili ceramiche a forma di Trinacria, ed ecco che comincio ad avvertire il solito dolorino al ginocchio. Quando torniamo a casa vado a fare gli esami. Lastre. Tac. Risonanza magnetica. Anche se in realtà so già. È un tumore. Mi faranno la chemio. Perderò tutti i capelli. Ma non servirà. Morirò tra atroci sofferenze.

«Benedetta!» chiamo. «Benedetta!» Niente.

All'altezza di una piccola chiesa che una targa attribuisce al XII secolo giro un altro angolo, e dopo pochi passi m'imbatto in una strettoia lunga e buia tra due edifici in pietra altissimi, in fondo alla quale si vede, nella luce ancora forte del tardo pomeriggio, la strada che abbiamo percorso in auto arrivando quassù, il grigio dell'asfalto che si confonde con il verde degli alberi. Magari è scesa giù e si è messa in testa di tornare a piedi fino a Trapani, o addirittura a Marsala. Non si può mai dire, quando una donna è in vista del ciclo.

M'infilo nella strettoia umida dove per forza di cose non batte mai il sole, passando a stento tra le pareti di pietra. Abbasso gli occhi per assicurarmi di non inciampare, il corridoio che sto percorrendo è così buio che riesco a stento a vedermi le scarpe. E quando più o meno a metà strada li rialzo, vedo in controluce i contorni di una figura che sta risalendo il passaggio, venendomi incontro.

«Benedetta!» chiamo.

Non mi risponde.

«Benedetta! Dov'eri finita?»

Macché. Sono fatte così, le donne: ora mi terrà il muso per un pezzo, finché non la porterò al ristorante o non le farò un regalino. Magari potrei trovare qualcosa in uno di quei negozi di souvenir. Una volta che la mamma, chissà perché, teneva il muso a papà proprio qui a Erice, lui le comprò una collana di corallo, e subito lei tornò a sorridere. Pochi giorni dopo, in spiaggia, se la tolse per fare il bagno e la perse.

«Benedetta!» le dico quando ormai siamo a pochi

passi di distanza. «Scusami, non volevo dire niente di spiacevole.»

Solo che poi ci ritroviamo a un palmo l'uno dall'altra, e non è Benedetta, anche perché Benedetta ha i capelli bruni lunghi, non biondi corti, e oggi indossa una Lacoste e una gonna, non una canottiera e un paio di short. In un istante, malgrado il buio, realizzo. È il ragazzino che fa kyte. Cioè la ragazzina in topless. Cioè la figlia di Katja.

«*Oh, I'm sorry*», le dico. «*I thought you were my wife.*»

«*No problem*», sorride lei con il suo apparecchio per i denti. «*But we don't need to speak English.* Anche io parlo italiano: a Monaco faccio il liceo italo-tedesco.»

«Oh, complimenti. E come mai?»

«Un'idea della Mutti. Lo sai, no? È innamorata dell'Italia. E anche di te, penso.»

Mi sfugge una risatina.

«Ridicolo, vero?» mi fa lei. «Alla sua età ormai insegue solo fantasmi. A voi uomini piacciono le ragazzine.»

«Be', dipende dagli uomini», le dico, chissà perché un po' imbarazzato.

«E dalle ragazzine», mi risponde. E mi bacia sulle labbra. Un bacio fresco, morbido, lungo. Avvampo, ma per fortuna al buio non si vede. Almeno credo.

«Ehi, ma che fai?» le dico, quando stacca le sue labbra dalle mie.

Mi si butta letteralmente addosso, e torna a baciarmi, questa volta infilandomi la lingua in bocca. Cerco di divincolarmi, bofonchiando una protesta. Ma lei non arretra di un millimetro. Anzi. Mi mette una mano direttamente sulla patta. E anche se so che non dovrebbe succedere, succede: mi viene immediatamente duro. Lei allora stacca la sua bocca dalla mia, sorride trionfante col suo apparecchio per i denti e prende a massaggiarmi l'uccello attraverso i pantaloni.

«Ehi, aspetta», mormoro. Sento il trillo del cellulare che uso per comunicare con mia madre. Lo ignoro.

«Perché aspettare?» mi sussurra lei.

S'accoscia a terra, mi sbottona, lo tira fuori dai boxer. Poi lo afferra con una mano, e comincia a fare su e giù. Abbasso gli occhi. Incontro l'azzurro dei suoi.

«Guarda», mi dice, sorridendo col suo apparecchio per i denti.

Lentamente, mi tira giù la pelle del prepuzio. Quindi, senza staccare i suoi occhi dai miei, prende a leccarmi la cappella come se fosse un gelato. Una, due, tre, sei volte. Dopodiché, così, senza preavviso, me lo prende in bocca.

«Oh mio dio», farfuglio, un filo preoccupato per via dell'apparecchio. «Potrebbe arrivare gente.»

Lei sogghigna, e attacca a fare su e giù con la bocca. Mi sembra di avere un uccello enorme. Guardandola negli occhi la rivedo in topless, le gambe larghe, felice di farsi ammirare da quei ragazzini. Lei si porta avanti col pompino, stringendo l'asta con una mano e accarezzandomi le palle con l'altra. Se continua ancora per un po' vengo, penso. E come se mi avesse letto nel pensiero, lei smette. Si rialza in piedi, e disinvolta si slaccia gli short, che le cadono a terra.

«Scommetto che ti piacerebbe guardarmi il seno», mi fa.

Non mi lascia il tempo di rispondere. Si sfila la canottiera, e resta completamente nuda di fronte a me. E se ci becca qualcuno? È matta. Ma ha due tette favolose, piene, burrose, che puntano all'insù con i loro grossi capezzoli… entrambi ornati da piercing. È un lampo: faccio mente locale sul quarantenne in viaggio di nozze che sta inesorabilmente perdendo capelli sulla nuca, sorpreso con i pantaloni abbassati in compagnia di una minorenne nuda, tra l'altro figlia della sua prima fidanzata.

«Senti, guarda, non possiamo, prima di tutto siamo per strada e poi mia moglie mi sta cercando...» abbozzo.

«*Nein*», mi fa lei, con aria trionfante. «L'ho incrociata salendo su. Era diretta a Trapani.»

Mi prende una mano, se la porta alle tette. Sono morbide come il suo bacio di prima, e sode. La sento sospirare. Allungo istintivamente l'altra mano, ma lei mi blocca e la dirotta verso il basso, appoggiandosela sulla fica. Che, mi rendo conto in quell'istante, è del tutto priva di peli. Le sue dita si stringono intorno alle mie. Me le accompagna sulle grandi labbra. Per un po' fa compiere loro movimenti rotatori. Poi però si ferma. Se le spinge delicatamente dentro. Non posso fare a meno di constatare che è molto bagnata. Sospira di nuovo a fondo. Il petto le si gonfia. *Vuoi tu, Luca, prendere in sposa la qui presente Benedetta?* Le nostre dita sgusciano fuori. Poi tornano dentro. Quante sono? Quattro? Cinque? *Luca, prometti tu di essere fedele a Benedetta e di starle accanto nella buona come nella cattiva sorte, in ricchezza e povertà, finché morte non vi separi?* Sto sditalinando una ragazza di diciassette anni, col rischio di farmi arrestare per corruzione di minorenne e atti osceni in luogo pubblico, e mi piace da morire. La ragazza di diciassette anni geme. Piace anche a lei. Ma a un tratto decide di fare a meno delle dita.

«Scopami», mi fa.

Si volta, appoggiando una mano al muro di pietra. Con l'altra mi prende l'uccello e mi tira a sé. *Luca e Benedetta, scambiatevi gli anelli.* Mi afferro l'uccello alla base. Lei si allarga la fica. La penetro, sgusciandole dentro a meraviglia. Spingo a fondo. Geme nuovamente. *Luca e Benedetta, vi dichiaro marito e moglie.* Mi riempio le mani con le sue tette. Diciassette anni. Mi sto scopando una ragazza di diciassette anni. Come un quarto di secolo fa mi sono scopato sua madre. Faccio avanti e indietro col bacino. *Ora potete baciarvi.* Le affondo il viso tra i capelli tagliati corti, baciandole il collo sudato. Ha un profumo che non conosco. Avanzo e mi ritiro a più riprese. Lei geme.

«Sto per venire», mi sussurra. «Vieni anche tu. E stai tranquillo, prendo la pillola.»

Vi benedico nel nome del Padre, del Figlio e dello Spirito Santo. Amen.

VENTIQUATTRO

Cazzo! Il preservativo! Non ho usato il preservativo, mi viene in mente quando in auto cerco inutilmente di controllare nello specchietto retrovisore la situazione capelli sulla nuca. Metto in moto e faccio manovra per uscire dal parcheggio. Lei è tedesca, ha diciassette anni, di sicuro avrà fatto sesso con un casino di coetanei, oggi i ragazzi si drogano tutti, quindi mi sono beccato l'Aids. Che cretino che sono! Ingrano prima, seconda, terza. Che imbecille! Coglione! Testa di cazzo! Poche centinaia di metri e avvisto Benedetta: sta davvero scendendo a piedi lungo la strada per Trapani. Mi affianco a lei procedendo a passo d'uomo.

«Cara, sali in macchina.»

«Scordatelo», sibila.

«Aspetta! Stammi a sentire! Ragioniamo.»

«Lasciami stare.»

«Ma Benedetta! Siamo marito e moglie!»

«Be', è stata una cazzata! Non ci conosciamo! Non dovevamo sposarci!»

«Benedetta! Non dire così.»

«Non mi sarei mai aspettata che mio marito mi lasciasse andare come hai fatto tu! Potevano investirmi! Rapirmi! Farmi qualcosa di brutto! Forse non te ne sei accorto, impegnato come sei a controllare se per caso stai perdendo qualche pelo sulla nuca, ma quest'estate in Italia vanno di gran moda gli stupri! Li leggi o non li leggi quei cazzo di giornali che compri ogni giorno?»

«Ma io ti ho seguita subito! Solo che appena girato l'angolo eri sparita! Benedetta, ti prego, sali. Non ce la farai mai ad arrivare a piedi fino a Marsala.»

Si ferma. Forse ho trovato l'argomento giusto. Le apro la portiera. Sale. Sento il trillo del cellulare che uso per comunicare con mia madre. Lo recupero.

«Pronto... ciao mamma... sì tutto bene... sto benissimo, grazie... no, non lo tenevo spento... si vede che non c'era campo... ho capito... va bene... certo... sì, stai tranquilla... non preoccuparti... va bene... sì, te la saluto... ciao.»

Benedetta fa finta di niente.

«Avanti, Benedetta», le dico. «Facciamo la pace.»

Lei mi squadra.

«Sei sudato marcio. Stravolto. Che ti è successo?»

«Be'... ci credo che sono stravolto... ho corso come un pazzo per quelle stradine cercando di raggiungerti... era tutto un sali-scendi... tra l'altro sono anche inciampato... caduto a terra... con tutte quelle pietre a momenti m'ammazzavo...»

Inaspettatamente i lineamenti del suo volto si distendono.

«Oh, caro, davvero? Ti sei fatto male?»

Ha anche cambiato tono di voce. I repentini cambi d'umore femminili, penso. Tipici della donna sul ciglio delle mestruazioni.

«Be', abbastanza... ho preso una botta al solito ginocchio...»

«Poverino, mi spiace... è che a un tratto quella tua frase totalmente fuori luogo mi ha dato troppo fastidio...»

«Scusami, Benedetta. Non so perché te la sei presa tanto», mi stringo nelle spalle. «Ma credimi, non volevo dirti niente di offensivo...»

La vedo irrigidirsi di nuovo.

«Ah, davvero? Non sai perché me la sono presa tanto? Forse ti è sfuggito che a questo punto della mia vita vorrei più di ogni altra cosa al mondo AVERE FIGLI? È una legge biologica, sai? Arrivi a trent'anni e ti scatta dentro una molla, forse perché ti vedi già a trentacinque. E alla donna che desidera mettere su famiglia con te, donna che tra parentesi ti sei appena sposato e che ha un ritardo di più di dieci giorni, ma che secondo quei cazzo di test non risulta ancora incinta, tu ritieni sia il caso di dire, mano nella mano all'inizio di una passeggiatina romantica in un borgo medievale stracarino, che degli *stronzi* di scienziati ma guarda un po' lì riuniti hanno appena stabilito che il genere umano si sta tipo avviando all'*estinzione*, avendo scoperto che gli uomini buttano la plastica in mari e fiumi e che i pesci mangiano la plastica buttata dagli uomini in mari e fiumi e che gli uomini mangiano i pesci che hanno mangiato la plastica buttata dagli uomini in mari e fiumi e che la plastica, quella gran puttana zoccola di una plastica schifosa, si accumula nei genitali e ci rende tutti quanti *sterili*?»

Porto meccanicamente una mano alla nuca. Probabilità di essermi appena preso l'Aids? Novanta per cento. Probabilità di avere effettivamente fatto una gaffe? Cento per cento.

«Perdonami, Benedetta, non dipende da me, sai, in fondo non ci conosciamo ancora benissimo, abbiamo bisogno di un po' di rodaggio...» Mi massaggio il ginocchio, enfatizzando una smorfia di dolore anche se a dire la verità in questo momento non avverto niente.

«Voglio che quando torniamo a casa ti fai subito vedere quel ginocchio», mi fa lei, addolcendosi nuovamente. «Al limite se continua così ti cerchiamo un ortopedico a Palermo e ti fai fare una risonanza magnetica.»

«Mi sa che dovrei fare un esame del sangue, piuttosto», mormoro.

«Un esame del sangue? Che c'entra il sangue?»

«No, niente, è che... be', vedi, finora non te l'avevo mai detto, ma in realtà temo possa trattarsi di un... cancro.»

«Un cancro... al ginocchio?»

«Sono piuttosto rari, ma da quello che ho letto meno di quanto si pensi.»

Per un po' restiamo in silenzio. Mentre scendiamo verso Trapani lungo la strada tutta curve penso a quello che mi è successo con la figlia di Katja. Penso al suo odore. Ai suoi capezzoli trafitti dai piercing. Alla sua fica completamente rasata. E al fatto di non avere pensato, nemmeno per un attimo, di prendere alcuna precauzione. Cristo santo, Luca. Hai quarant'anni. Quarant'anni, non diciassette.

«Ho troppissima voglia di pasta coi ricci», esclama Benedetta dal sedile al mio fianco. Benedetta. Appena sei mesi e ti ho già tradita. A poco più di due settimane dal matrimonio. In una tasca dei pantaloni so di avere lo scontrino del *chiringuito* che mi ha dato Andrea. È lo scontrino per il noleggio del kyte. Sopra ci ha segnato il suo numero di cellulare. Appena posso senza che Benedetta se ne accorga lo butto, decido. O no?

«Ora andiamo al ristorante», dico.

VENTICINQUE

«Ehi, dormiglione!»

Una mano mi scuote le spalle.

«Su, sveglia!»

Stavo sognando Andrea. Andrea che mi inseguiva dentro un tunnel. E mi urlava qualcosa che non riuscivo a capire. A un certo punto dovevo arrampicarmi su una parete altissima, con lei che da sotto continuava a gridare con la voce di una bambina delle elementari. TI HO ATTACCATO L'AIDS! TI HO ATTACCATO L'AIDS!

«Luca! Apri gli occhi! C'è la lucina rossa!»

Mi rigiro nel letto. Apro lentamente le palpebre. Benedetta incombe su di me. Tra le mani ha l'aggeggio che abbiamo comprato in farmacia.

«Avanti!» esclama. «Datti da fare! Ho controllato le mutande, credo di stare ovulando! E poi secondo il coso oggi ci rimango!»

Tira giù il lenzuolo, scoprendomi. Non faccio in tempo a tirarmi su a sedere sul letto che lei mi caccia una mano tra le gambe e afferra il mio apparato genitale.

«Allora? Questa famosa erezione mattutina? La vogliamo produrre sì o no?»

Attacca a smanettare l'arnese con la foga di sempre. Fuori dal bungalow, il consueto tifo di grilli e tortore. Ma io non riesco a togliermi dalla testa Andrea. Non la

Andrea che mi ha sedotto a Erice, ma quella del sogno. Quella che mentre io cerco di sfuggirle arrampicandomi sulla parete altissima mi urla con la voce di una bambina delle elementari TI HO ATTACCATO L'AIDS! TI HO ATTACCATO L'AIDS! Mi porto una mano alla nuca, per controllare la situazione capelli.

«Luca!» mi fa Benedetta. «Ormai credo proprio di conoscerti. A che pensi?»

Mi prende la mano e se la porta alle tette. Quelle di Andrea sono più grosse. Forse sono grosse come quelle di Elisabetta Canalis. E in più hanno i piercing ai capezzoli. Meccanicamente, comincio a impastargliele. Mio Dio, penso, e se mi sono veramente beccato l'Aids? E se adesso scopiamo e glielo attacco a Benedetta? E se lei ci rimane e glielo attacco anche a nostro figlio o a nostra figlia o magari ai nostri due gemelli?

«Luca! Cazzo! Cerca di concentrarti! Ce l'hai ancora micriz!»

Devo dirglielo. Devo dirle che l'altro giorno la figlia diciassettenne di Katja mi ha sedotto e che c'è la possibilità concreta che mi abbia attaccato l'Aids. Devo dirle che prima di scopare di nuovo io e lei, ammesso che dopo questa rivelazione abbia ancora voglia di scopare con me, devo fare il test dell'Aids. Devo dirle che non è stata colpa mia, io non volevo nemmeno, solo che quella si è denudata e mi è saltata addosso e io non ci ho capito più niente e forse mi sono preso l'Aids.

«Dài, Luca, su! Sforzati un po'!»

Non devi diventare duro. Non devi diventare duro perché se diventi duro poi lei ti vuole scopare. Non devi diventare duro perché se diventi duro poi lei ti vuole scopare e io devo dirle che prima è meglio che faccia il test dell'Aids. Non devi diventare duro perché se diventi duro poi lei ti vuole scopare e io devo dirle che prima è meglio che faccia il test dell'Aids, visto che l'altro giorno a Erice mi sono fatto scopare dalla figlia diciassettenne di Katja. Non devi diventare duro perché se diventi duro poi lei ti vuole scopare e io devo dirle che prima è meglio che faccia il test dell'Aids, visto che l'altro giorno a Erice mi sono fatto scopare dalla figlia diciassettenne di Katja che tra parentesi ha le tette più grosse e coi piercing ai capezzoli. A chi posso pensare perché non mi diventi duro? E.T.? Banale. Topo Gigio? Scontato. Un momento: ci sono! Maria De Filippi! Grilli e tortore non smettono un secondo di fare il tifo per me. Sudo.

«Luca! Insomma! Si può sapere che ti succede? Cos'è? Non dirmi che pure oggi non ne hai voglia? No, dico, questo è veramente il colmo dei colmi: secondo la macchinetta sarebbe il momento troppo ideale per farlo, perché c'è la lucina rossa e di sicuro ci rimarrei, e oltretutto sto pure ovulando, ma tu non ne hai di nuovo voglia! Dimmi la verità: non ti piaccio più, vero? Ti sei stancato di me!»

VENTISEI

«CIAO TARIIIII!»

È sera. Siamo appena tornati da un ristorante che si chiama Mamma Caura, provvisto di panorama sul tramonto e sui mulini a vento a pochi minuti da qui, allo Stagnone. Benedetta, fuori dal bungalow, sta chiamando la sua migliore amica.

«NOI STRABENISSIMO, GRAZIE! DUE SPOSINI IN LUNA DI MIELE!»

Per tutta la giornata non ci siamo praticamente parlati. Lei ha preso il sole e si è bagnata al lido Pakeka, io mi sono limitato a leggere sotto l'ombrellone il libro che ho preso stamattina alla libreria Pellegrino.

«E LÌ A MILANO? IL SOLITO CIRCO?»

Come sempre quando parla con Tarita, Benedetta urla. Tarita fa lo stesso con lei. Non solo al cellulare: una volta che si sono incontrate per caso da Corso Como 10 tutte le altre clienti le guardavano sbalordite.

«MA TU COM'È CHE STAI? COME VA LA GRAVIDANZA DELLA MIA TARI?»

Il libro che ho preso stamattina alla libreria Pellegrino è intitolato *Collasso.* L'ha scritto un tale Jared Diamond, professore alla UCLA. Spiega come scompaiono le civiltà, a cominciare da quella che anticamente abitava l'isola di Pasqua. Pare che le pratiche attraverso cui le società passate hanno messo a rischio sé stesse, distruggendo il loro ambiente, rientrino in otto categorie, la cui rispettiva importanza varia da caso a caso.

«MA VA? MA GIURA! MA CHE FIGATA! MA SONO TROPPO STRAFELICE PER TE!»

Deforestazione e distruzione dell'habitat, gestione sbagliata del suolo con conseguente erosione, salinizzazione e perdita di fertilità, cattiva gestione delle risorse idriche, eccesso di caccia, eccesso di pesca, introduzione di specie nuove, crescita della popolazione umana e aumento dell'impatto sul territorio di ogni singolo individuo.

«E LUI? NOOO? NON CI CREDO! UN PASSEGGINO PRADA SUPERTECNICO FODERATO DI CINCILLÀ! MA DIO MIO CHE TENERO!»

I crolli del passato seguono tutti, tendenzialmente, percorsi simili, tanto da sembrare variazioni su uno stesso tema. La crescita della popolazione costringe a intensificare i mezzi di produzione agricola con irrigazione intensiva, terrazzamento o altro, e a estendere le coltivazioni dai terreni migliori, scelti inizialmente, a quelli meno fertili, allo scopo di sfamare un numero crescente di individui.

«VEDRAI! IL GRANDE AMORE DELLA MIA TARI SARÀ UN PAPÀ STRAMERAVIGLIOSO!»

Pratiche agricole insostenibili conducono ai danni sopra elencati, con la conseguenza che aree già di per sé poco adatte all'agricoltura si inaridiscono ancora di più e devono essere abbandonate. A livello sociale, la sovrappopolazione porta a carestie, guerre per il controllo delle risorse disponibili e sommovimenti di masse disperate.

«TIPO TRE MESI A VARIGOTTI CON FILIPPO PRIMA DEL PARTO? MA FATE STRABENISSIMO!»

In questo modo, in seguito a carestie, guerre o malattie, la popolazione diminuisce e la società perde parte di quella complessità politica, economica e culturale raggiunta al culmine del suo sviluppo.

«NO, TARI, GUARDA CHE VARIGOTTI È VERY VERY STRASUPERCHIC!»

Il rischio di tali tracolli improvvisi di interi gruppi sociali è oggi ragione di preoccupazione crescente: disastri di questo tipo si sono già verificati in Somalia, in Ruanda e in altri paesi del Terzo Mondo.

«MA LA COSTA SMERALDA È DA CAFONI! E IN COSTA AZZURRA COME MINIMO VI RAPINANO! NO, FIGURATI, NON PER I PREZZI! È CHE È PROPRIO PIENISSIMO DI DELINQUENTI MAROCCHINI!»

Molti temono che il pericolo di ecocidio, come minaccia alla società globale, sia ormai giunto a mettere in secondo piano anche il rischio di una guerra nucleare e quello di nuove malattie.

«TIENI CONTO CHE VARIGOTTI È GANZISSIMA! CI VA ANCHE LA EVA HERZIGOVA COL SUO FIDANZA TORINESE!»

I problemi ambientali che ci troviamo ad affrontare oggi sono gli stessi otto pericoli che minacciarono le società del passato, con l'aggiunta di altri quattro: cambiamenti climatici dovuti a intervento umano, accumulo di sostanze chimiche tossiche nell'ambiente, carenza di risorse energetiche ed esaurimento della capacità fotosintetica della Terra.

«E POI LA HUNZIKER! SÌ, HO TROPPO VISTO LE FOTO! NO, TARI, CREDIMI! IN QUEI TRE MESI A VARIGOTTI STARAI STRABENISSIMO!»

Si ritiene che la maggior parte di queste dodici minacce raggiungerà uno stadio critico, a livello planetario, entro i prossimi decenni: non ci resta che risolvere questi problemi prima di allora, se non vogliamo che i loro effetti si facciano sentire non soltanto sulla Somalia, ma anche sui paesi del Primo Mondo.

«QUI IN SICILY? MAH, GUARDA, È TUTTO UN GIOCO! CI DIVERTIAMO TROPPISSIMO! E POI IL POSTO È VERAMENTE STRASUPERCHIC! GIURO, NON ME LO ASPETTAVO!»

Molto più probabile di uno scenario apocalittico, con l'estinzione della razza umana e il catastrofico collasso della civiltà industriale, sarebbe piuttosto un futuro caratterizzato da standard di vita significativamente inferiori a quelli odierni, da rischi cronicamente superiori e dalla crisi di quelli che consideriamo alcuni dei nostri valori-chiave.

«SIAMO ANCHE STATI A FAVIGNANA! TI GIURO UNA POESIA! ERAVAMO IO E LUI SOLISSIMI IN UNA SPIAGGIA TROPPO TIPO MALDIVE!»

Un tale crollo potrebbe assumere forme diverse, quali il dilagare a livello mondiale di malattie o di guerre, scaturite essenzialmente dalla scarsità di risorse ambientali. Se ciò è vero, i nostri sforzi determineranno lo stato del mondo in cui i bambini e i giovani di oggi vivranno i loro anni maturi e la vecchiaia.

«SENTI, TARI, VOLEVO CHIEDERTI UN CONSIGLIO! SE NON LO CHIEDO A TE CHE SEI LA MIA MIGLIORE AMICA A CHI LO CHIEDO?»

In due parole: siamo fottuti. Ho deciso, scrivo un sms ad Andrea. Devo sapere se mi ha attaccato l'Aids. Mi alzo dal letto, vado all'armadio e recupero il cellulare di lavoro che tengo spento dall'inizio della vacanza nella tasca interna del giubbotto D&G. Lo accendo. Inserisco il pin. Dopo qualche istante vengo avvertito che in memoria ci sono una quantità di telefonate non risposte, sms e messaggi in segreteria telefonica. Li ignoro.

«NO, VEDI, IL FATTO È CHE CONTINUANO A NON VENIRMI!

MA I TEST SONO NEGATIVI! TIENI ANCHE CONTO CHE HO QUESTE VOGLIE PAZZESCHE DI PASTA COI RICCI!»

Recupero nella tasca dei pantaloni lo scontrino del *chiringuito* su cui Andrea mi ha scritto il suo numero. Apro la finestra *messaggi.* Apro la finestra *crea nuovo messaggio.* Apro la finestra *inserisci il numero.* Inserisco il numero. Allora: 00491793004945. Ricontrollo: 0049-1793004945. Perfetto. Ma che le scrivo?

«HO CAPITISSIMO! QUINDI AL LIMITE SI FA L'ESAMINO DEL SANGUE CHE IN OGNI CASO È PIÙ SICURO..»

Ciao Andrea sono Luca. E fin qui, ci siamo. Poi? Vediamo... *Ho veramente bisogno di parlarti.* No, non va. Troppo infantile. Cancello. Dunque... *Se a te va bene mi piacerebbe rivederti.* No, non va nemmeno così. Troppo insicuro. Cancello. Che le scrivo? Aspetta, ideona: *Ti va se ci rivediamo?*

«AH, TU DICI? IL PROBLEMA POTREBBE TROPPO ESSERE LUI? MA TIPO? È VERO! HAI RAGIONISSIMA! NON CI AVEVO PENSATO!»

Sì, direi che così può andare. *Ciao Andrea sono Luca, ti va se ci rivediamo?* In fin dei conti ha diciassette anni, che le devo scrivere? Sempre meglio essere stringati, con gli sms.

«PERCIÒ MEGLIO FAR FARE 'STO ESAMINO A LUI, CHE COSÌ LAUGHING AND JOKING TAGLIAMO LA TESTA AL TORO!»

Ciao Andrea sono Luca, rileggo, *ti va se ci rivediamo?* Che faccio? Glielo mando o non glielo mando?

«GRAZISSIME TARI! SEI UN TESORISSIMO! MI RACCOMANDO DAI UN BACIONE DA PARTE MIA AL TUO FIL! ALLORA A PRESTISSIMO! CIAO! CIA-CIA-CIA-CIA-CIAO!»

Premo invio. Gliel'ho mandato.

VENTISETTE

Dato che a Marsala un laboratorio per l'analisi del seme non c'era, e dato che alla farmacia dove abbiamo comprato il contenitore in cui dovrò *raccogliere* il medesimo ci hanno caldamente sconsigliato di andare a Trapani, credo solo per via della millenaria rivalità tra le due città sintetizzata dal motto marsalese *Si Maisala avissi u poitu Ciapani fussi moitu*, ovvero *Se Marsala avesse il porto Trapani sarebbe morta*, ci è toccato andare a Palermo. Il problema è che il seme va consegnato al laboratorio entro un'ora da quando lo si è *raccolto*, e visto che tra Marsala e Palermo c'è circa un'ora e mezza solo di autostrada abbiamo dovuto escludere l'ipotesi di *raccoglierlo* a casa, nel bungalow, per poi portarlo nel capoluogo siciliano. In teoria, avrei anche potuto effettuare la *raccolta* direttamente nel laboratorio, dove di sicuro doveva esserci una saletta adibita alla bisogna. Ma l'idea di chiudermi in un posto simile, dove chissà quanti altri mariti palermitani hanno *raccolto* il loro seme su insistenza delle rispettive mogli, mi faceva abbastanza schifo. Ecco com'è che sulla nostra Range Rover a noleggio siamo finiti qui, tra i vicoli della Kalsa pavesati di tricolori in omaggio alle vittorie della Nazionale italiana ai Mondiali di Germania e tappezzati di manifesti che pubblicizzano improbabili cantanti specializzati nel genere neomelodico-napoletano. Siamo miracolosamente illesi malgrado il nostro girovagare nel micidiale traffico del capoluogo. Fuori fa un caldo mostruoso, ma non teniamo i finestrini chiusi solo per l'aria condizionata.

«Su», mi dice Benedetta. «*Raccogli* e stai tranquillo: ci penso io a controllare che non arrivi nessuno.»

«Ma ti rendi conto? La gente normale viene a Palermo per visitare la tomba di Federico II, il Duomo di Monreale, le catacombe dei Beati Paoli. E io?»

«Tu a Palermo devi *venire* e stop. Dopo se vuoi andiamo a visitare quello che ti pare. Basta che ti muovi e non sprechi una goccia: il seme va raccolto nell'apposito contenitore.» Ha piazzato l'apposito contenitore sul cruscotto.

«Avessimo almeno i vetri oscurati», mormoro, controllando nello specchietto retrovisore mentre mi slaccio i pantaloni.

«Basterebbe farlo nel laboratorio. Solo che tu non vuoi.»

«Non ci riuscirei mai: mi sentirei un topo di quelli che usano per gli esperimenti, una cavietta. E poi chissà quanti l'hanno fatto in quel posto, praticamente è come entrare ad Amsterdam in un *peep-show*, per giunta senza *peep-show*. Scusa tanto ma a me proprio non va.»

«Uffa, quante storie. Dai, che ti aiuto a cominciare.» Allunga una mano e me la caccia nelle mutande, frugando in cerca dell'arnese. «Embè?»

«Embè cosa?»

«No, dico, non dovrebbe essere lì? Ma dov'è finito? È micrizzimo!»

In effetti l'arnese in questione al momento non è nemmeno un'ipotesi. Do un'occhiata. Sembra uno gnomo visto col binocolo, ma col binocolo messo al contrario. Insomma: è microscopico.

«Dài, cerca di concentrarti», mi esorta Benedetta.

«E se arriva qualcuno?»

«Te l'ho detto, ci penso io a controllare.»

Appiccicato al muro, un tale che ha scelto come nome d'arte Tony Vaccaro mi guarda al di là del finestrino. Ha un caschetto alla Nino D'Angelo, però nero. Non è granché eccitante.

«Attento!» strilla all'improvviso Benedetta.

Chiudo immediatamente la patta dei pantaloni. Nel vicolo passa una Vespa con a bordo quattro passeggeri: una madre più un bambino tenuto davanti, tra le gambe, in piedi e aggrappato al manubrio, e due bambine sedute dietro, una in braccio all'altra. Tutti senza casco. Tirano dritto, non senza aver squadrato la Rover.

«Guarda che qui è pericoloso», faccio presente a Benedetta. «Se era la moglie di qualche mafioso siamo nei casini. Ci imbottiranno l'auto di tritolo.»

«Esagerato!» minimizza lei. «Dài, ricominciamo. E cerca di concentrarti.»

Sospiro. Cerco di concentrarmi. Tanto è inutile: ormai la conosco. Prima mi sbrigo e meglio è. Sto per prendere in mano la situazione quando sento il trillo del cellulare che uso per comunicare con mia madre. Lo recupero.

«Pronto... ciao mamma... sì tutto bene... sto benissimo, grazie... no, non lo tenevo spento... si vede che non c'era campo... ho capito... va bene... certo... sì, stai tranquilla... non preoccuparti... va bene... sì, te la saluto... ciao.»

Benedetta fa finta di niente.

Chiudo gli occhi per non vedere Tony Vaccaro che dal manifesto mi fissa col suo caschetto nero. Dopodiché scarto subito Elisabetta Canalis e il suo bikini bianco, che poi arriva Gabriele Muccino e la spruzza. No.

Piuttosto mi va di pensare ad Andrea. Lascia perdere per un attimo che forse ti ha attaccato l'Aids e che non ha ancora risposto all'sms di ieri sera, mi dico. Pensa al suo odore. Alla sua fica rasata. Alle sue tette. Ai suoi capezzoli coi piercing.

«Oh, finalmente!» esclama Benedetta. «Su, adesso arriva fino dove devi arrivare, che tanto non passa nessuno.»

Andrea, mi dico. La figlia della mia prima fidanzatina. Così giovane che porta ancora l'apparecchio. Andrea che ha appena diciassette anni. Andrea che a diciassette anni si rasa già la fica. Andrea che si è fatta mettere il piercing a entrambi i capezzoli. Andrea che prima mi ha fatto un pompino, e poi ha voluto che glielo infilassi da dietro. Andrea che geme col mio cazzo dentro di lei. Andrea che gode mentre io le impasto le tette. Andrea! Andrea! Andrea! Andreaaaaaaahhhhhh!

«MA LUCA! CHE FAI!? DEVI VENIRE NELL'APPOSITO CONTENITORE!»

Apro gli occhi. Benedetta m'infila il contenitore di plastica trasparente sulla punta dell'uccello. Riusciamo a salvare il salvabile. Senza aggiungere una parola, lei richiude il tutto in un sacchetto di plastica.

Mi ricompongo. Metto in moto. E mentre guido per Palermo cercando di evitare gli automobilisti palermitani che mi vengono addosso da tutte le parti come in un videogioco e di trovare la strada per il laboratorio dove esamineranno il mio seme per accertarsi che io possa procreare con Benedetta, la donna che ho sposato appena un paio di settimane o di secoli fa a Roma, continuo a pensare alla figlia diciassettenne di Katja, chiedendomi se risponderà al mio sms, e se voglio rivederla solo per chiederle se per caso mi ha attaccato l'Aids.

VENTOTTO

Vado a buttare la spazzatura nei contenitori maleodoranti lungo la litoranea, a un paio di centinaia di metri dal nostro bungalow. Ormai sono passati due giorni. Andrea non mi ha ancora risposto. Che faccio? La chiamo?

Getto i sacchetti di plastica evitando di respirare. Mi allontano dai contenitori. Le vele delle barche ormeggiate nello specchio d'acqua dello Stagnone crepitano nel vento. Do un'occhiata al bungalow. Benedetta sta facendo la doccia. Anche oggi abbiamo tacitamente evitato la spiaggia dei surfisti per non incontrare Katja. In compenso ci siamo beccati gli adolescenti della Tiburon Beach: insopportabili. Anche perché tra i deficienti che si rincorrevano facendosi i gavettoni o tirandosi manciate di sabbia ho riconosciuto quelli che guardavano Andrea in topless a San Teodoro, e non so perché ma mi hanno dato particolarmente fastidio.

Mi siedo su un muretto al bordo della strada, dove qualcuno ha abbandonato o forse buttato un giornale. Lo prendo in mano. Lo sfoglio.

«Napoli, emergenza spazzatura: sembra tramontare l'ipotesi di smaltimento dei rifiuti tramite l'utilizzo di inceneritori presenti in altre regioni… Si soffoca. Più di quaranta gradi ad Aosta, mentre a Palermo la colonnina di mercurio tocca i cinquanta. La morsa del caldo non lascia l'Italia: sta per scattare il Piano-Pensionati... Intercettazioni: dopo Calciopoli, Vallettopoli e Savoiopoli, scoppia Segretopoli. Coinvolti i vertici dei servizi segreti, che però fanno sapere: non ne sapevamo niente... Prodi: lavoreremo per il bene dell'Italia. Secca smentita del nuovo premier riguardo all'ipotesi di nuove tasse. Ma c'è chi fa sapere di avvertire scricchiolii nella nuova maggioranza... L'ex premier Silvio Berlusconi intanto non riconosce la sconfitta, parla di brogli e mette in dubbio i risultati delle elezioni: continueremo a ricontare le schede, ha dichiarato... Pecoraro Scanio: il più elegante tra i parlamentari è il presidente della Camera Fausto Bertinotti, imbattibile... Duccio Bertinotti, il rampollo di Fausto e Lella Bertinotti, non è sicuro di essere comunista. Il figlio del presidente della Camera ha la erre moscia di famiglia, e di professione fa il dj. Al contrario del genitore, noto milanista, Duccio è juventino: "Comunque andiamo d'accordo, perché mio padre è un uomo tollerante e libertario..." Le riserve mondiali di petrolio si esauriranno entro il 2050. Ma c'è chi dice che non arriveremo al 2037...»

Estraggo il cellulare dalla tasca dei pantaloni. Lo accendo. Inserisco il pin. Poco dopo mi arriva una raffica di messaggi. Ma è tutta roba di lavoro. Da Andrea niente. Apro la finestra *messaggi inviati*. Recupero il numero che inizia col prefisso della Germania, 0049. Tra l'altro se non ho capito male domani sera la Nazionale italiana rischia seriamente di qualificarsi per i quarti di finale. Roba da matti. Guardo il display del cellulare, dove c'è una foto di me e Benedetta abbracciati al ristorante La Carbonara in Campo de' Fiori la sera del matrimonio. Che faccio? Sono le sette e mezza. A quest'ora sarà tornata dalla spiaggia anche lei. Ma se vede il numero del chiamante e non lo riconosce e non risponde? E se invece si sta facendo la doccia come Benedetta e risponde Katja? E se risponde Katja e la scambio per sua figlia e lei invece mi riconosce?

Premo il pulsante di chiamata. Uno squillo. Due. Tre. Quattro. Cinque. Chiudo la comunicazione. Non risponde. E se anche mi avesse risposto, che le avrei detto? Ciao sono l'ex di tua madre, quel quarantenne sposato a cui stanno cadendo i capelli sulla nuca, che tra parentesi molto probabilmente ha un cancro al ginocchio, e volevo sapere se per caso mi hai attaccato l'Aids? Il cellulare attacca a vibrare. Chi cazzo è? Controllo il numero in entrata. 00491793004945. Andrea!

«Andrea!» rispondo.

«Ah, sei tu.»

«Come stai?» le chiedo.

«Conosci l'Isola di Mozia?»

«Certo.»

«Domani sarò lì da sola a fare kyte.»

«A che ora?»

«Tutto il giorno.»

Già, penso: e Benedetta? Come farò a liberarmi di lei?

«Spero di riuscirci», le dico.

«Sei tu che vuoi vedermi, no?»

«Ehm», mi schiarisco la voce. «Sì.»

«Allora ciao.»

Chiude la comunicazione.

VENTINOVE

«No guarda, non ci penso nemmeno.»

Spegne la lampada sul comodino. Si gira dall'altra parte, dandomi le spalle.

«Ma perché, scusa?»

«Come *ma perché?* Hai anche il coraggio di chiedermelo?»

«Coraggio? Quale coraggio?»

«Ma tu ti rendi conto o no che non mi stanno venendo da una paccata di giorni?»

«E che cosa c'entra?»

«Come che *cosa c'entra?* Ma sei *psycho*? E se malgrado le tue ultime performance per miracolo ci fossi tipo rimasta quando ancora facevamo l'amore?»

«E allora?» fingo di insistere. «Chi l'ha detto che non puoi fare un giro in canoa dello Stagnone e arrivare all'Isola Lunga?»

«Alle dieci di mattina? Sotto questo sole?»

«Al limite ti metti un cappellino...»

«Ma che cappellino e cappellino! Come minimo mi viene troppo un'insolazione e mi ricoverano! No, *thank you.* Scusa tanto ma non ci tengo zero a venire ricoverata. Per giunta mentre sono in vacanza. E mai e poi mai in Sicilia: qui si muore ancora di parto.»

«Be'», le dico, cercando di formulare la frase giusta

al momento giusto, «a dire la verità nel tuo caso il parto mi sembra ancora abbastanza lontano.»

Benedetta tace per un lungo momento. Forse ci ho preso.

«GRAZIE TANTE CHE ME L'HAI RICORDATO! NON SO COSA DAREI PER AVERE UN BAMBINO! E TU LO SAI BENISSIMO! E SAI ANCHE QUANTO SOFFRO PER IL FATTO CHE C'È RIMASTA PERFINO QUELLA ZOCCOLA DI TARITA! PERÒ TU HAI IL CORAGGIO DI USCIRTENE CON FRASI DEL GENERE! DIO, QUANTO SEI INSENSIBILE! ANZI, QUANTO SEI STRONZO!»

«Benedetta! Ma che dici?»

«DICO CHE FORSE, DATA LA SITUAZIONE, NON C'È BISOGNO CHE RIGIRI ANCORA IL COLTELLO NELLA PIAGA! CHE NE PENSI? TROVI CHE ESAGERO? CHIEDO TROPPO?»

«Va bene, hai ragione. Scusami.»

Nel bungalow scende il silenzio. Si sente solo qualche grillo lontano. Per sicurezza, aggiungo: «Visto che non te la senti, lasciamo perdere il giro dello Stagnone e l'Isola Lunga. Ma perché non andiamo in canoa anche solo a Mozia, domani mattina? È un'isoletta stupenda, il sito archeologico più importante di Marsala, il primo insediamento scelto dai Fenici, e poi c'è la Fondazione Whitaker, con la statua del Giovinetto...»

Lei allora riaccende la lampada sul suo comodino, si gira verso di me, e mi fa: «L-E-V-A-T-E-L-O D-A-L-L-A T-E-S-T-A».

Dopodiché si rigira e spegne nuovamente la lampada, tornando a darmi le spalle.

«Ma tesoro...» abbozzo.

«Guarda caro, ho trovato la soluzione. Facciamo così: dato che a me i Fenici e compagnia non mi fanno un plissé ma proprio meno di zero, tu ti fai sotto il sole che spacca la tua bella pagaiata a zonzo per lo Stagnone con tour dell'Isola Lunga. O se preferisci ti spingi anche solo fino a quella stupenda isoletta, e se vuoi ti visiti il museo con le statue e tutto, sempre che non ti becchi un'insolazione e non ti ricoverano, che così poi se qualche medicastro locale ti fa fuori io divento vedova ma me ne faccio una ragione, mentre la sottoscritta si prende la Rover e se ne va tranqua tranqua a fare spiaggia, come usa di solito in vacanza.»

«Vabbè», sospiro, fingendomi dispiaciuto. «Come vuoi, amore.»

È fatta.

TRENTA

Trovo la capannina dove noleggiano le canoe a dieci minuti a piedi dal bungalow. Il vento di ieri si è rafforzato e sullo Stagnone volteggiano già i matti del kyte e del windsurf. Porto una mano alla fronte per riparare lo sguardo dal sole e aguzzo la vista sugli umani appesi alle vele colorate. Cerco di distinguere Andrea, i suoi capelli biondi tagliati corti, i suoi pantaloni lunghi scozzesi. Non la vedo. Che faccio, vado lo stesso? C'è da fidarsi degli appuntamenti che danno le diciassettenni di oggi? Mah. Istintivamente mi accarezzo la nuca. Prima di uscire di casa ho controllato la situazione capelli col mio sistema di specchi, senza riuscire a capire se ne ho persi altri oppure no. Nel frattempo però Benedetta ha preso la Rover e se n'è andata a far spiaggia. Tanto vale provarci, mi dico.

Per una decina di euro affitto la canoa con relativa pagaia. La ragazza sotto la capannina mi informa che per arrivare fino a Mozia impiegherò circa un quarto d'ora. Il giubbotto salvagente non lo prendo. Sarei ridicolo: qui il mare è talmente basso. Però compro una bottiglietta di minerale. Dopodiché, mi caccio in testa il berretto con su scritto I LOVE SAN VITO LO CAPO che ho trovato nell'armadio del bungalow, e scendo in acqua. Salgo a bordo un po' impacciato: è la prima volta in assoluto in vita mia che noleggio una canoa. E mentre mi sistemo nella minuscola imbarcazione cercando di non rovesciarla, mi chiedo se ce la farò davvero a raggiungere Mozia. Con mia grande sorpresa, però, dopo un tot di pagaiate trovo l'assetto giusto. Così, badando a tenermi alla larga dai matti, punto verso la mia meta.

A Mozia non c'è niente, a parte il Museo Whitaker e la casa dove vive con la sua famiglia il custode dell'isola. Papà lo conosceva, e una sera riuscimmo a cenare sotto i giganteschi alberi che circondano i due edifici, a poche decine di metri dal porticciolo dove attracca il battello che già allora faceva la spola tra il resto della Sicilia e quel fazzoletto di terra circondato dalle acque dello Stagnone. Ricordo il silenzio assoluto, il buio intorno alle lampade appese alle corde sopra la tavolata e il profumo delle agavi. E in lontananza, oltre le sagome nere degli alberi e la distesa liquida su cui si rifletteva la luna, le luci gialle di Marsala. Ero felice. Avevo appena conosciuto Katja e non sapevo che di lì a pochi mesi papà sarebbe morto. Chissà perché mi viene in mente la frase pronunciata sulla croce da Gesù: Padre mio, perché mi hai abbandonato? Smetto di pagaiare. *Padre mio, perché mi hai abbandonato?* È più forte di me, non riesco a trattenermi: a un tratto, comincio piano a piangere. *Padre mio, perché mi hai abbandonato?* Che ci faccio qui? Solo, in mezzo allo Stagnone, senza di te? La vista mi si annebbia.

«PAPÀ!» grido tra le lacrime. «PAPÀ!»

Non ti ho mai detto quanto bene ti volevo, papà, penso tra i singhiozzi. Ho capito quanto bene ti volevo solo quando te ne sei andato. Non ti ho mai detto quanto ti ammiravo, e che avrei voluto essere come te.

«PAPÀ!» piango. «DOVE SEI?»

Scossa dal vento, la canoa si sposta dalla rotta che

avevo preso. Ma non importa. Io voglio tornare indietro. Voglio avere di nuovo quattordici anni. Anche solo per un giorno. Un unico giorno. Non chiedo nient'altro. Voglio solo passare ancora un giorno con mio padre.

«PAPÀ!» biascico. «TI PREGO! TORNA!»

«Ehi! Tutto bene?»

Chi cazzo è? Avverto uno sciabordio alle mie spalle. Mi asciugo gli occhi nella Lacoste. Mi volto. È un ragazzo abbronzato a bordo del suo windsurf. Ha lasciato andare la vela in acqua e mi guarda dall'alto della sua tavola, ostentando sicurezza malgrado l'equilibrio alquanto precario. Ma che vuole?

«Ha bisogno di aiuto?» mi fa.

«Ehm...» mi schiarisco la voce, cercando di ricompormi. «No, grazie, va tutto benissimo.»

«È sicuro?» insiste. Sento il trillo del cellulare che uso per comunicare con mia madre. Lo ignoro.

Gli faccio di sì con un cenno della testa. Ma perché la gente non si fa i fatti suoi?

«L'ho sentita urlare e mi sembrava strano, perché qui l'acqua è bassissima», mi fa lui. «Però se ha bisogno d'aiuto dica pure, non c'è poblema.»

Dice proprio *poblema*, come tutti i veri siciliani. Abbozzo un sorriso.

«Grazie, ma non ce n'è bisogno, davvero. Stavo solo approfittando della mattinata per... provare la mia parte.»

«La sua... parte?»

«Già. Faccio l'attore e stavo provando... un monologo, ecco.»

«Ah», mi risponde lui, poco convinto. «Ma c'è uno spettacolo qui a Marsala?»

«No, a Segesta. L'*Edipo* di Shakespeare.»

Mi soffio il naso nella Lacoste. Il ragazzo mi guarda perplesso. Poi aggiunge: «Sicuro che non ha bisogno d'aiuto?»

A quel punto perdo la pazienza.

«Ma che vuole? Gliel'ho già detto. Stavo solo provando in santa pace la mia parte. Possibile che non si possa stare tranquilli nemmeno qua?»

«Vabbè, va», si stringe nelle spalle. «La saluto.»

Solleva la vela. Scuote via l'acqua. Riparte.

Per qualche istante lo guardo allontanarsi sotto il sole che spacca. Sento nuovamente il trillo del cellulare che uso per comunicare con mia madre.

«Pronto... ciao mamma... scusa, non l'ho sentito... ho capito... va bene... certo... sì, stai tranquilla... sto benissimo... non preoccuparti... va bene... sì, te la saluto... ciao.»

Stammi a sentire, Luca, mi dico. Ora vedi di calmarti. Devi assolutamente calmarti. Calmarti. Calmarti. Calmarti. Inspira a fondo. Espira. Riprendi a pagaiare e riporta la canoa sulla sua rotta originaria. Avanti.

Riprendo a pagaiare, riportando la canoa sulla sua rotta originaria. Dài, ora ti rivedi con Andrea e però fate i bravi e trovi il modo di chiederle se per caso ti ha attaccato l'Aids. Naturalmente con garbo. Magari fate due passi sull'isola, e tra una chiacchiera e l'altra gliela butti lì. A parte che in Germania di sicuro a scuola fanno educazione sessuale, e lei sa benissimo che non bisogna avere rapporti non protetti e l'Aids non ce l'ha. Già: e perché con me invece ce l'ha avuto, un rapporto non protetto?

Una volta a riva, scendo nell'acqua che mi tocca appena le ginocchia e tiro in secco la canoa. Chissà Andrea dov'è finita, penso, asciugandomi il sudore dalla fronte sulla manica della Lacoste.

«Era ora!» esclama una voce alle mie spalle.

Mi giro. Ed eccola lì: capelli biondi tagliati corti, giubbino di salvataggio, pantaloni scozzesi e tutto.

«Andrea! Ciao!»

«Ti ho visto un poco in difficoltà», mi fa lei. «O sbaglio?»

«Oh no, mi sono solo fermato a fare due chiacchiere con un tuo... collega, se così si può dire.»

Sorride, mostrando l'apparecchio per i denti nonostante il quale, non posso fare a meno di pensare, fa pompini meravigliosi. Al contrario di Benedetta, che non vuole correre il rischio di sprecare il mio prezioso liquido seminale con una venuta in bocca. Ma oggi dobbiamo fare i bravi, mi ripeto.

«Vieni», mi esorta lei, allungandomi una mano. «Ti porto a vedere una cosa.»

Mano nella mano, scavalchiamo le radici degli alberi giganteschi che emergono dal terreno intorno al museo e alla casa del custode, edifici da cui però ci teniamo alla larga per spingerci dentro l'isola e i suoi profumi. Zagare e gelsi, bouganvillee e gelsomini, e poi palme, fichi d'India, pini marittimi...

«Dove stiamo andando?» le chiedo.

«Ora vedrai.»

Alla mia sinistra, oltre la vegetazione, intravedo la distesa di pietre della necropoli fenicia e un piccolo gruppo di turisti. Da quelle parti, se non ricordo male, deve anche esserci il porto usato dai primi abitanti dell'isola più di duemila anni fa. Andrea mi tira via. La seguo. E dopo un paio di minuti, ecco una specie di rifugio formato da un gruppo d'alberi, con il suo kyte ripiegato a terra.

«Be', ti sei sistemata per benino», le dico. «È vero che è solo un monolocale, però è immerso nel verde.»

Lei ride, e senza dire una parola mi acchiappa per la vita e con una mossa di judo mi fa perdere l'equilibrio. Caschiamo insieme sopra il kyte.

«Ehi, aspetta», ridacchio. «Questa volta dobbiamo fare i bravi. Tu sei una ragazzina, e io sono un uomo sposato...»

«A cui questa ragazzina piace tanto», mi interrompe lei, e subito mi bacia.

«Mmmpppfffhhh», abbozzo.

Lei mi risponde cacciandomi la lingua fin nelle tonsille. Quindi mi afferra il sedere con una mano, e mi caccia l'altra nel costume. Indipendentemente dalla mia volontà, ce l'ho già duro come una pietra della necropoli. E il gruppetto di turisti? 'Fanculo. Traffico un pezzo per slacciarle il giubbino, senza risultato. Alla fine se lo slaccia lei mentre io le abbasso i pantaloni. Porta un bikini azzurro. Le tiro giù il pezzo di sotto, e su quello di sopra. Lei ridacchia. Mi ritrovo le sue tette burrose coi grossi capezzoli trafitti dal piercing davanti al naso, e la fica rasata in mano. La accarezzo tra le gambe. Lei mi lecca un orecchio. È già bagnata. Come a Erice, mi prende le dita con le sue, e se le infila dentro. Due, tre, quattro. Mi lecca la faccia. Io lecco la sua e poi scendo sul collo e da lì sulle tette, dove ho un attimo di esitazione quando sento il piercing che mi sbatte sui denti. Ride. Mi fa scendere il costume fin dove può, cioè finché non si impiglia nell'erezione. Poi tira l'elastico, liberando l'uccello. Mi afferra l'asta con una mano e le palle con l'altra. Attacca a fare su e giù. Gemo. Mi fa sedere sul kyte. Si piega in avanti. Me lo prende in bocca.

«Un momento», le dico. «Un momento.»

Lei alza i suoi occhi azzurri e li punta con aria interrogativa nei miei, senza levarsi di bocca l'uccello. È piena di lentiggini. Ha solo diciassette anni.

«Senti, Andrea, non so come... ehm, non so come affrontare la cosa, ma...»

Lei, sempre fissandomi negli occhi, prende a fare su e giù con la bocca, massaggiandomi le palle. Ha solo diciassette anni.

«...ma devo chiederti...»

Lei, sempre fissandomi negli occhi, lo ingoia praticamente fino alla base. Ha solo diciassette anni.

«...se per caso...»

Lei, sempre fissandomi negli occhi, mi infila piano un dito nell'ano. Ha solo diciassette anni.

«...hai fatto di recente...»

Lei, sempre fissandomi negli occhi, prende a muovere delicatamente il dito. Ha solo diciassette anni.

«...l'esame, cioè, il test...»

Lei, sempre fissandomi negli occhi, ricomincia a fare su e giù con la bocca continuando a muovere delicatamente il dito. Ma siamo sicuri che ha solo diciassette anni?

«...guarda che se continui così vengo...»

Lei, sempre fissandomi negli occhi, se lo toglie di bocca ma continua a muovere delicatamente il dito. L'uccello sussulta. La cappella è viola e luccicante, coperta di saliva. Andrea sorride col suo apparecchio per i denti. Ha proprio solo diciassette anni. Con la mano libera si tira via una bava di saliva dal mento e si leva un pelo dalla lingua. Al polso porta un braccialettino di vetri colorati. Mi fa:

«Allora aspetto. Che vuoi sapere? Se ho fatto il test per l'Aids?»

Annuisco, paonazzo come l'uccello, che continua a sussultare.

«Prima di partire per la Sicilia. Io sono a posto, e credo anche tu: mia madre dice che ti sei appena sposato e che tu e tua moglie volete fare un figlio.»

«Esatto», abbozzo un sorriso, un filo imbarazzato.

«E questo figlio, lo state facendo sì o no?» mi chiede lei, afferrandomi di nuovo l'uccello.

«Ehm», mi schiarisco la voce. «Per il momento pare di no.»

«Oh, prima o poi arriverà.» Mi scocca un bel bacio sulla cappella. Mio dio no...

«Andrea! Vengo!»

Lei me lo riprende subito in bocca. Guardandomi negli occhi ingoia tutta la sborra. Non riesco a pensare ad altro. Ha. Solo. Diciassette. Anni.

«Bene», mi fa, quando ho finito. «Ora tocca a te leccarmi.»

«Volentieri», le sorrido, baciandola sulle labbra.

TRENTUNO

«Sta' a sentire», dico, saltando a piè pari le prime dieci pagine del quotidiano in cima alla pila, dedicate alla nuova vittoria della Nazionale italiana ai Mondiali di Germania. «Allora... Napoli, emergenza continua. Dopo le proteste dei cittadini nelle regioni coinvolte dal Piano-Spazzatura, i rifiuti tornano indietro attraversando nuovamente l'Italia... Caldo: è emergenza. Il paese sull'orlo del black-out. Scattato il Piano-Pensionati: gli anziani a rischio invitati a cercare rifugio in caserme dei pompieri, centri commerciali e supermercati... Intercettazioni: dopo Calciopoli, Vallettopoli, Savoiopoli e Segretopoli, scoppia Intercettopoli, forse all'origine di Furbettopoli. Coinvolti i vertici della Telecom, che dichiarano: non ne sapevamo niente... Prodi: siamo qui per restare. Il nuovo premier smentisce categoricamente ogni ipotesi di nuove tasse. Ma alcune incomprensioni all'interno della maggioranza mettono a rischio il governo del centro-sinistra... L'ex premier Silvio Berlusconi intanto non riconosce la sconfitta, parla di brogli e mette in dubbio i risultati delle elezioni: continueremo a ricontare le schede, ha dichiarato... Tommaso Coletti, senatore della Margherita, promuove i Centri per l'impiego con lo slogan "Il lavoro rende liberi": "Non ricordo dove lessi quella frase, ma fu una di quelle citazioni che ti colpiscono all'istante..." La modella brasiliana Gisèle Bundchen ha ammesso pubblicamente di sentirsi vecchia: a venticinque anni gli uomini non mi fanno più la corte come quando ne avevo diciassette... Neil Armstrong: nello spazio ho visto gli alieni...» Mi interrompo. Bevo un sorso d'acqua.

«Sai, non ci posso credere», mi fa Benedetta.

«A quella storia del tipo che non ricorda dove ha letto *Il lavoro rende liberi* o a Gisèle che ammette di sentirsi vecchia?»

«Non mi riferivo a quello.»

«Allora ti riferivi al fatto che Armstrong ha visto gli alieni?»

«Nemmeno. Non posso credere che ieri mi hai piantata in asso per andare a fare un giro in canoa fino a Mozia.»

Aspettavo questa frase da circa ventiquattr'ore. E alla fine, è puntualmente arrivata. Adotto la linea di difesa pianificata.

«Mah, veramente mi è parso che fossi stata tu a piantare in asso me per andare a fare spiaggia.»

«Come come come, scusa? *Io* avrei piantato in asso *te*? No, ma tu sei *matto*. Tu sei troppo *fuori di melone*.»

«Senti, Benedetta, forse non te ne sei accorta, ma io ho insistito un casino perché venissi con me fino a Mozia...»

«E TANTE GRAZIE! VOLEVI FARMICI ANDARE IN CANOA! MA SENTITELO! HA INSISTITO UN CASINO, LUI! MA CHI LO CONOSCE, QUESTO? COSA CAZZO MI È SALTATO IN TESTA DI SPOSARMELO!?»

«Benedetta, ti prego, non urlare. Siamo in un luogo pubblico», le dico, indicandole con lo sguardo due tipe sovrappeso nella coppia di sdraio di fianco alla nostra. Da quando abbiamo cominciato a litigare, hanno smesso di parlare tra loro.

«E CHI SE NE SBATTE», sbotta la mia gentile consorte. «TANTO IN QUESTO POSTO DI CACCA NON CONOSCIAMO NESSUNO.»

In quell'istante si sente il trillo di un cellulare. Le due tipe sovrappeso sobbalzano e controllano le loro borse. Il cellulare continua a trillare. A un tratto mi rendo conto che è il mio. Oh no, penso, fa che non sia Andrea.

«Be'? Che fai?» mi chiede Benedetta. «Non rispondi?»

«È quello di lavoro. Ieri sera l'ho riacceso per controllare se c'erano messaggi e poi ho dimenticato di spegnerlo.»

Il cellulare continua a trillare. Mi porto meccanicamente una mano alla nuca.

«E vedi chi è, no?» mi fa Benedetta.

Frugo nei pantaloni. Lo trovo. Fisso il numero sul display. Inizia con 0923. Tiro un sospiro di sollievo.

«Pronto! Col... generale!» rispondo sollevato. «Buongiorno! Come sta? Come dice? Se siamo liberi per cena domani sera?» Guardo Benedetta. Lei fa spallucce. «Certo. Con molto piacere. Allora veniamo da lei. Alle otto e mezza in punto. Perfetto.»

Chiudo la comunicazione. Spengo il cellulare e lo rimetto nella tasca dei pantaloni. Accarezzo una mano a Benedetta. Le sorrido e le dico: «Grazie, cara».

«Accetterei l'invito a cena di una murena, pur di non passare un'altra serata sola con te», mi fa lei.

TRENTADUE

Arriviamo dalle parti della casa al mare del colonnello Rallo piuttosto provati. Stamattina è uscita la luce verde, poi però Benedetta si è controllata le mutande e ha stabilito che stava ovulando. Come al solito non c'è stato verso. Benedetta ha attaccato a darmi dell'impotente, e io per un istante ho avuto la tentazione di raccontarle tutto sulla mia gita a Mozia. Naturalmente me ne sono stato zitto, ed è finita come finisce da qualche giorno a questa parte: nessuno dei due ha più aperto bocca. Così, quando parcheggio l'auto sul ciglio della litoranea a metà tra le insegne luminose del Delfino e quelle di un locale che un tempo non esisteva, chiamato chissà perché Kirikokubo, cerco di aggiustare in qualche modo la situazione. Non mi va proprio l'idea di presentarci a cena dal colonnello in questo stato.

«Benedetta», le dico col tono di voce più dolce di questo mondo, mettendole un braccio intorno alle spalle mentre ci avviamo a piedi, «ti va se facciamo la pace?»

Lei si libera bruscamente del mio braccio, senza rispondermi.

«Benedetta», insisto, «su, non facciamo i bambini.»

«Eh già, non facciamo i bambini», mi fa lei, acida. «Oltretutto, non facciamo nemmeno bambini, visto che non ti si rizza più! E hai appena quarant'anni! Figuriamoci più in là!»

Mi guardo attorno. A parte il traffico delle auto che vanno e vengono in direzione di Marsala, siamo soli. Non l'ha sentita nessuno.

«Senti, Benedetta, non dipende da me...» provo a spiegarle.

«Ah no? E allora da chi dipende? Da me? Evidentemente sì, considerato che a farlo siamo in due! Quindi sono costretta a dedurre che ti sono bastati sei mesi per stufarti della stessa minestra! Per carità, pure quel Montano a un certo punto si è strastufato dell'Arcuri, ma sei mesi sono pochini, non trovi? Anche perché a me non piace fare paragoni, ma io sono un po' meglio dell'Arcuri, se permetti! O no?»

«Ma certo che sei meglio dell'Arcuri, che c'entra», le dico io, consapevole che si avvicina il momento in cui ci troveremo di fronte al colonnello. «Quando dicevo che non dipende da me, Benedetta, non intendevo dire che dipende da te. Mi riferivo solo a quell'aggeggio maledetto...»

«Vuoi dire Persona?»

«Esatto. Voglio dire Persona. Non so se ci hai fatto caso, ma da quando abbiamo iniziato a usare quel coso io ho cominciato ad avere problemi. Evidentemente... non lo so, mi mette l'ansia da prestazione, ecco.»

«E non potevi dirmelo prima, scusa? Possibile che con me non parli? Che ti tieni tutto dentro? Sono o non sono tua moglie?»

Ormai siamo arrivati.

«Hai ragione, amore. È colpa mia. Ti prometto che d'ora in poi mi aprirò di più.»

La bacio. Ci abbracciamo. Lei bacia me.

«Oh, ti prego», mi sussurra. «Non litighiamo più.»

«Mai più. Promesso.»

Varchiamo la cancellata in legno tempestata di bouganvillee e mano nella mano ci dirigiamo verso la casa dipinta di bianco. Tranne le persiane al primo piano, che un tempo erano azzurre e ora mostrano chiazze color legno dove l'aria del mare le ha scrostate, è tutto esattamente come ricordavo. Le palme e i pini intorno alla casa. Il dondolo e le sedie bianche sotto gli alberi. Le aiuole intorno al perimetro recintato. L'ampio terrazzo. *Ma che bel bambino,* diceva sempre la signora Rallo ai miei quando ci accoglieva sulla soglia di casa. *Dove l'avete trovato, un bambino bello così?* Lei e il colonnello non avevano figli. Io arrossivo e mi nascondevo dietro la gonna della mamma.

«Oh, eccovi!» esclama il nostro ospite dal terrazzo. «Salite! Si cena quassù all'aperto, stasera!»

Tenendo per mano Benedetta, vado a memoria verso la scala in muratura sul retro, che se ricordo bene portava direttamente in terrazzo. C'è ancora. Saliamo.

«Che piacere, avervi qui!» ci sorride il colonnello da dietro i suoi baffi bianchi. Spegne il sigaro in un posacenere piazzato strategicamente sul parapetto del terrazzo e ci viene incontro. A Benedetta fa il baciamano. A me stringe la destra. «Mi chiedevo se avresti ritrovato la casa. Ne hanno costruite a migliaia, da allora. Tutte abusive.»

«Fa molto piacere anche a noi essere qui», gli dico, dando un'occhiata alla tavola apparecchiata alle sue spalle. Dalla cucina arrivano rumori metallici di pentole. L'attendente si starà dando da fare.

«Poi se le giocano a carte, a *zecchinetta*», continua il colonnello. «E i soldi girano. La questione è da dove arrivano. Fateci caso: Marsala è piena di banche. Ma industrie, a parte quella del vino, non ce ne sono. Strano, no? Ma sediamoci, intanto. Sarete stanchi. Oggi come oggi non ci si stanca mai tanto come in vacanza.»

«Ha ragione», gli sorride Benedetta. «Specialmente al mare.»

Raggiungiamo la tavola.

«Accomodatevi dove volete.»

Osservo la disposizione dei posti. Che però non sono tre, ma cinque. Evidentemente, mi dico sedendomi accanto a Benedetta, cenerà con noi anche l'attendente. E il quinto coperto? Si sarà portato dietro la moglie anche lui?

«Un aperitivo?» ci chiede il colonnello.

«Perché no?» gli risponde Benedetta.

«Vi proporrei un Chiarandà Donnafugata», fa lui afferrando una bottiglia al centro del tavolo, tenuta in fresco dentro l'apposito secchiello. «Ma permettetemi di brindare in compagnia degli altri ospiti.» Tira fuori di tasca un coltellino svizzero, lo trasforma in cavatappi ed esclama, rivolto verso la cucina: «Ehilà, cuciniere! Stiamo aspettando soltanto voi! Volete raggiungerci?»

Lì per lì mi manca il respiro. Katja e Andrea sbucano dalla cucina reggendo rispettivamente un grosso recipiente pieno di pasta coi ricci e un cestello col pane. Credo di impallidire, perché sento il sangue defluire rapidamente dalla parte superiore del corpo, come se avessi forato un piede e mi stessi svuotando. Benedetta mi fulmina con un'occhiata eloquente, come a dire *che ci fanno qui queste due?* Purtroppo non lo so. È la stessa cosa che mi sto chiedendo io. Mi porto meccanicamente una mano alla nuca.

«Che bella sorpresa, eh, Luca?» mi fa il colonnello Rallo. «Sono certo che non te l'aspettavi!»

«No», deglutisco. «In effetti non me l'aspettavo.»

«Benedetta», il colonnello si rivolge a mia moglie

mentre Katja e Andrea posano sul tavolo le vivande, guardandomi entrambe negli occhi. «Questa è Katja: lei e Luca si conobbero qui a Marsala da ragazzini. E questa è sua figlia, anche se porta i capelli a quel modo e ha un nome da uomo: Andrea.»

«Con Katja ci siamo già viste», gli sorride lei un po' tirata.

«Luca! Benedetta! Come state?» ci chiede Katja.

«Ehm», le rispondo io. «Benissimo, grazie. Proprio bene. Ci stiamo... divertendo un mucchio, qui. Sì.»

«Posso presentarti mia figlia?» fa Katja a Benedetta. «Lei e Luca si sono già incontrati.»

Benedetta stringe la mano ad Andrea. Mi guarda.

«Già», dico io, chiedendomi se per caso Katja non sappia qualcosa. «Al *chiringuito*, quella volta che vi siete conosciute anche voi. Poi tu sei andata a nuotare, e dopo un po' è arrivata lei.» Le indico la ragazza. Inspiro a fondo. Poi cerco di dire nel modo più naturale possibile: «Ciao, Andrea. Tutto bene?»

«*Ich sprache nicht Italienish*», si stringe nelle spalle lei. Le sue lentiggini. I suoi capelli biondi tagliati corti. L'altro ieri le sono venuto in bocca e poi per due ore le ho leccato la fica. Rasata.

«Dài, Andrea, non scherzare!» sorride Katja. «L'italiano lo parli meglio di tua madre!»

«È una ragazzina piena di spirito!» interviene il colonnello, che intanto ha stappato la bottiglia. «E i giovani pieni di spirito sono più che benvenuti, nella casa di questo vecchio e burbero militare in pensione!» Versa da bere, prima ovviamente alle signore. Poi fa: «Brindiamo! Ai miei ospiti!»

Brindiamo. Quindi Andrea, che stasera indossa una canottiera rossa, una gonnellina bianca da tennis e un paio di infradito, si arma di forchetta e cucchiaio e comincia a distribuire la pasta nei piatti a partire da quello di Benedetta, che educatamente la ringrazia. A me sembra di stare seduto sulle classiche spine.

«Col… generale», esordisco, tanto per dire qualcosa. «Ricorda quella volta che siamo andati in campagna a raccogliere fichi d'India? Al ritorno li avevamo posati sul dondolo, qua fuori. E poi la mamma, che è sempre stata una gran sbadata, ci si è seduta sopra. Ricorda?»

«Ricordo eccome», ride lui. «Poveretta. Tuo padre mi raccontava che per una settimana non è più riuscita a sedersi, e nemmeno a dormire distesa sulla schiena.»

«Lei ha conosciuto la madre di Luca?» chiede Katja a Benedetta.

«Sì, ci siamo viste una volta, a Roma. Prima del matrimonio.»

«E al matrimonio? Non è venuta?» fa il colonnello.

«Ehm», intervengo io. «La mamma non… non esce più di casa, generale.»

«Come, non esce più di casa?»

«Non… esce… più… di casa», ripeto io. «Da… molti anni.»

«Qualcuno ne vuole ancora?» chiede Andrea, mostrando il recipiente semivuoto.

«Io!» esclama Benedetta, allungandole il piatto.

Andrea le serve quel che resta della pasta coi ricci, versandole un bel po' di condimento. Be', per fortuna hanno azzeccato il primo. Spero che la mia gentile consorte apprezzi.

Cominciamo a mangiare. Per quanto mi riguarda la pasta coi ricci a questo punto mi sta letteralmente uscendo dalle orecchie, ma in realtà dev'essere buonissima, a giudicare dai mugolii di Benedetta.

«Le cuciniere saranno tedesche ma ci sanno fare,

eh?» sorride il colonnello. «Katja d'altronde scende in Sicilia quasi ogni anno. Ormai è una vera marsalese!» Poi, rivolto ad Andrea: «Io ho combattuto con tuo nonno, sai? Lui quando è arrivato qui mangiava la pasta con la marmellata al posto del sugo!»

Andrea gli sorride mostrando il suo apparecchio per i denti.

«E come mai tua madre non esce più di casa da anni, Luca?» mi chiede Katja.

«Ehm», mi schiarisco la voce, portandomi di nuovo una mano alla nuca. «Credo per via... be', per via... di quello che è successo a papà, direi.»

«Incredibile, no?» salta su di punto in bianco Benedetta. «E dire che per quanto ne so è passato un mucchio di tempo. Ma io non ne so molto, vero Luca?»

La guardo senza dire una parola. Sento che la nausea intanto cresce, a causa della pasta coi ricci.

«Tuo marito non ti ha raccontato, Benedetta?» le fa il colonnello Rallo.

«Assolutamente niente», scuote la testa lei. «Lui su queste cose è chiusissimo. E a dire la verità la cosa mi rincresce.»

«Pensare che a me invece avevi raccontato tutto, Luca», dice a quel punto Katja. «Quando sei venuto a trovarmi in Germania la prima volta, con l'Inter-Rail. Ricordi?»

Intravedo un lampo d'odio negli occhi di Benedetta. A un tratto mi viene da vomitare.

«Chiedo scusa», farfuglio. Mi alzo di colpo da tavola lasciando dietro di me il tovagliolo e mi precipito in casa, sperando di ricordare dov'è il bagno. Per fortuna il colonnello l'ha lasciato dov'era. Faccio giusto in tempo a spalancare la porta, poi rovescio tutta la pasta coi ricci ingurgitata nelle ultime settimane. Non so per quanto me ne sto lì a vomitare. Dopo un po' mi esce solo bava. Ho la gola che brucia. Gocce di sudore mi scendono sulla fronte. Mi aggrappo al lavandino. Apro il rubinetto. Sciacquo la bocca.

Quando esco dal bagno, torno lentamente sui miei passi. Indugio sulla soglia del terrazzo. Il colonnello Rallo sta parlando a bassa voce. Distinguo mozziconi di frasi:

«...in volo di ricognizione con un collega... aereo civile... caccia americani... inseguivano un velivolo libico... aveva visto tutto... gli hanno proibito di parlare... carriera finita... minacciato ritorsioni sulla sua famiglia... lui poi... senso di colpa... allora... si è suicidato...»

Scendo di corsa i gradini della scala in muratura.

«Luca!» mi chiama Benedetta dalla tavola.

Sempre di corsa attraverso il cortile, ed esco dal cancello tempestato di bouganvillee.

«Luca!» chiama il colonnello dal terrazzo alle mie spalle.

Attraverso la litoranea puntando verso le luci al neon del Delfino. Un'auto di passaggio mi evita per un pelo e suona il clacson. Vado a sbattere contro il guardrail, e per poco non ruzzolo dall'altra parte in mezzo al canneto che separa le spiagge dalla strada. Proseguo senza smettere di correre per qualche decina di metri, poi scorgo un varco tra le canne alla mia sinistra. Svolto e mi ritrovo su un sentiero che divide due file di case ovviamente abusive, in fondo al quale deve esserci il mare. Corro in avanti, senza voltarmi. Incespico ma non cado. Improvvisamente, una fitta al ginocchio. Rallento. Un cane mi abbaia dalla recinzione di una delle case. Lo ignoro. Alla fine raggiungo la spiaggia. Mi fermo. Boccheggio, piegato in due. Mi fa male la milza. L'aria salmastra mi entra nei polmoni. Quando riprendo fiato, percorro per un po' il lungomare deserto verso le luci gialle di Marsala. Prima di arrivare ai margini dello stabilimento balneare mi lascio cadere sulla sabbia.

«Luca!» sento gridare da un punto imprecisato alle mie spalle. «Luca! Dove sei?»

È una voce di donna, arriva da una certa distanza.

«Luca! Rispondimi!»

Ma non appartiene a Benedetta.

«Luca! Ti prego!»

Improvvisamente la riconosco. È Katja. Che vuole da me? Mi appiattisco sulla sabbia fredda.

«Luca! Ti devo parlare!»

Trattengo il respiro. Sembra che si stia avvicinando. Si può sapere che vuoi, Katja? Vattene. Non ho voglia di parlare con te. Non ho voglia di parlare con nessuno.

«Luca! Rispondimi!»

È molto vicina. Non sono più il ragazzo che ero, Katja. È inutile che continui a cercarmi. E nemmeno tu sei più la ragazza di un tempo. Non c'è più niente tra noi. Ormai è andata, finita, chiusa. Non capisci?

«Luca! Dove sei?»

La voce si allontana. Deve avermi superato. Alzo la testa dalla sabbia, guardandomi attorno. Non c'è anima viva. Solo la notte, il cielo stellato, il rumore del mare. E le luci della città, sfocate.

«Luca!» sento, ma da una distanza ancora maggiore.

Ormai è andata. Non mi troverà più. Tiro un sospiro di sollievo. Torno a sdraiarmi sulla sabbia, ma questa volta sulla schiena, le mani intrecciate dietro la nuca. Eccola là, l'Orsa Maggiore. E accanto a lei, l'Orsa Minore. Quante volte le abbiamo guardate assieme, a Feldafing, dal balcone affacciato sulla pineta oltre la quale si vedeva il lago. Facesti bene a lasciarmi, Katja. Un giorno mi sarei scopato tua figlia.

Non sarei mai dovuto tornare. Avevo voluto dimenticare tutto, lasciarmi alle spalle questa terra, il passato, la mia adolescenza. E adesso tutto è nuovamente presente, qui e ora nella mia testa. Ripenso alle parole pronunciate dal colonnello in mia assenza. Una cosa sola. Eravamo una cosa sola. Papà, io e la mamma. Poi lui si è sparato quel colpo di pistola. Un pomeriggio d'estate. Solo come un cane. E non siamo stati più niente.

TRENTATRÉ

«Secondo te quale mi sta meglio?»
«Questo qua.»
«Sicuro?»
Si rimira a lungo nello specchio, osservando il terzo tailleur Cavalli. Ne abbiamo già scartati altri cinque. Due Chanel, un Armani, un Versace e un Prada. Fingo di pensarci su. Poi le dico, sforzandomi di sembrare convinto delle parole che mi escono di bocca: «Secondo me, sì».
«Sicuro sicuro sicuro?»
«È semplicemente perfetto. Sembra disegnato per te.»
Lei si allontana dallo specchio. Gira su sé stessa. Si guarda la gonna all'altezza del sedere.
«Non mi fa mica... difetto?»
La commessa di Prestigiacomo, che poi sarebbe il meglio che c'è a Trapani in fatto di moda milanese e dintorni, vorrebbe strozzarla. Ma non può. Così le sorride e le fa: «Suo marito ha ragione. Le sta veramente benissimo, signora».
Lei fa un'altra piroetta. Posa le mani sui fianchi.
«E qui? Non trovi che... mi segna?»
«Direi proprio di no, cara. Tieni presente che se non sbaglio stai provando una quaranta... dico bene, signorina?» chiedo aiuto alla commessa.
«Sì, signore. È una quaranta, come gli altri.»

«E tu non trovi che mi… ingrossa?»

«Ingrossa? Come fa a ingrossarti, scusa, una quaranta?»

«Quasi quasi riprovo il Prada, che ne dici?»

«Se vuoi riprovarlo, riprovalo.»

S'infila nuovamente nel camerino. Guardo la commessa. Anche lei mi lancia uno sguardo, poi distoglie gli occhi neri come i capelli. Fuori c'è un gran sole. Poco fa, a un tavolino all'aperto di una pasticceria a poche decine di metri da qui, abbiamo preso una granita ai gelsi con panna. La granita era veramente straordinaria, dolcissima. E così anche la panna. Solo che a un tratto ho provato qualcosa di inedito, qualcosa che dal giorno in cui io e Benedetta ci siamo conosciuti non avevo ancora sperimentato. Il separé del camerino si apre. Benedetta ne esce con addosso il tailleur Prada.

«Come mi sta?»

«Come prima.»

«Luca! Ti prego! Sii più assertivo!»

«Ti sta magnificamente, Benedetta. Sul serio.»

«Sul serio serio serio?»

«Sul serio serio serio.»

Si rimira nello specchio. Senza perdersi di vista fa un giro su sé stessa. Poi si controlla di nuovo dalla testa ai piedi, ma di profilo. Arriccia il naso.

«Uffa, di solito c'è Tarita a consigliarmi. Non trovi che mi fa un po'… qui, vedi?» indica il ventre. «Giusto un micriz di… pancetta?»

«Un… micriz… di pancetta? Ma cara… è una quaranta. Come fai ad avere un micriz di pancetta, se indossi una quaranta?»

«Ma mica ho detto che ce l'ho, dico solo che me la fa. Non credi?»

«Mah, a dirti la verità non mi pare proprio. Anzi, francamente lo escludo.»

«Forse le dà quell'impressione per via dell'abbottonatura della giacca», le dice la commessa.

«Vabbè, riprovo ancora una volta lo Chanel e poi ci penso e mi decido, giuro», esclama dirigendosi verso il camerino. Prima di rientrarvi però si volta e mi fa: «Mi prometti di pensarci anche tu?»

«Promesso», le sorrido, anche se so che non sarà così.

Perché poco fa, mentre gustavo la mia granita ai gelsi con panna, per la prima volta da quando io e Benedetta ci conosciamo, ho desiderato che al posto suo ci fosse un'altra. Ed è a lei che sto pensando.

TRENTAQUATTRO

«È che i miei coetanei sono tutti bambini. Non m'interessano. Non li sopporto.»

«Non ti sei mai innamorata di uno di loro?»

«Non credo nell'amore. Perché dovrei investire la mia vita in un uomo? Mia madre l'ha fatto, e guarda i risultati. È una donna infelice, frustrata, ridotta a rimpiangere le scelte del passato.»

«Tu credi?»

«La conosco bene, e per lei è stato un duro colpo rivederti qui e scoprire che ti eri appena sposato con una di trent'anni. Sai, lei mi aveva parlato di te. Mi aveva raccontato del vostro incontro, delle lettere che vi scrivevate. Pensa che le conserva ancora, in una latta rossa di amaretti di Saronno. E tu? Hai conservato le sue?»

«Io... be', io a dire la verità... non ho idea di dove siano finite», arrossisco.

«Tipico. Mi ha anche detto di quando poi vi eravate messi assieme, un secolo fa. E che però alla fine ti aveva lasciato per colpa di tua madre, perché tu non te ne volevi andare di casa, come tutti gli italiani.»

Taccio.

Inspiro a fondo l'aria fresca della pineta.

Senza farmi notare da Andrea, do un'occhiata all'orologio. Perché potessimo rivederci, ho dovuto scatenare l'ennesimo litigio con Benedetta. Mi è bastato accennare a un articolo che avevo letto, sul prossimo esaurimento dei giacimenti di petrolio, assai più imminente di quanto non si pensi, e sulla catastrofe che di conseguenza incombe sulla nostra civiltà. Quando ho aggiunto che la circostanza che lei non fosse ancora rimasta incinta probabilmente era un segno del destino, e che forse avremmo anche potuto prendere in considerazione l'idea di rassegnarci e accettare la cosa, lei ha messo su una scenata delle sue, accusandomi di volermi rimangiare le promesse che le avevo fatto, ed è arrivata al punto di prendermi a pugni e inseguirmi intorno al bungalow sbraitando di inseminazioni artificiali, assistite, in vitro, di banche del seme e di uteri in affitto. Così ho preso la Rover e me ne sono andato. Andrea per fortuna non era in acqua, e ha sentito il cellulare. Dopodiché sono passato a prenderla alla spiaggia dei surfisti e siamo saliti qui a Gurgo, alla cosiddetta pineta inglese. Dove senza interferenza alcuna da parte di aggeggi computerizzati e lucine verdi o rosse, abbiamo scopato veramente alla grande.

«No. Non voglio legami, e l'amore non è in cima alle mie priorità», mi dice lei, accendendosi una Marlboro. «Per quanto mi riguarda preferisco diplomarmi e poi il prossimo anno andarmene a Londra, a studiare interpretariato.»

«Ehi, non fumare! Guarda che ti viene il cancro!»

Sghignazza. Mi fa: «Sei pregato di non rompere, Papi».

«Non chiamarmi Papi», protesto.

«E allora non comportarti come se lo fossi. A proposito: quand'è che ti decidi a diventarlo davvero?»

«Oh, lascia perdere. Ormai è una cosa ridicola.»

«Perché?»

«Perché lei è ossessionata dall'idea di avere figli, specie da quando la sua più cara amica, che in realtà detesta, è rimasta incinta tre mesi fa. Pensa che ha perfino comprato un coso in farmacia che quando ci piscia sopra le dice se è fertile o no, e in base a quello dobbiamo metterci lì e copulare. Passa il tempo a controllarsi le mutande per vedere se sta ovulando. E dato che non è ancora riuscita a rimanerci, mi ha perfino fatto fare l'analisi del seme. Domani dobbiamo andare a ritirare l'esito a Palermo. Uno stress pazzesco, credimi.»

«Ma tu vuoi veramente avere figli?»

Faccio mente locale sulla domanda, in sé abbastanza semplice: *ma tu vuoi veramente avere figli?* Mi lambicco il cervello cercando di ricordare il momento in cui ho deciso di volere veramente avere figli. Passa un po' di tempo. Non me lo ricordo.

«Ehi? Ci sei? Allora?»

«No», sospiro. «Temo di no. Non me ne frega niente di avere figli. Anzi: la prospettiva di avere figli mi terrorizza. Mi ha sempre terrorizzato. Avere figli significa finire di vivere. Non sei più padrone del tuo tempo. Non sei più libero. Non puoi più fare niente. In compenso i figli che tua moglie ti ha costretto a procreare e che per i primi tre anni ti hanno privato del silenzio e del sonno già a quattro o cinque cominciano a pretendere vestiti e accessori firmati. Entro i sei monopolizzano le tue scelte in fatto di cinema e tivù. Dai sette agli otto iniziano a chattare on line con il vicino di casa insospettabile ma pedofilo. A nove hanno messo insieme quattro Playstation. Prima dei dieci hanno già cambiato cinque o sei cellulari e anche se non vuoi saperlo ti spiegano come si fa a *uappare*. A undici, massimo dodici, tirano di coca. Per i tredici partecipano a uno stupro di gruppo o a seconda dei casi lo subiscono. Nel frattempo devi accompagnarli a scuola, nuoto, tennis, cinese, yoga, karate, sashimi, sushi, tataki e sudoku, imbottirli di psicofarmaci e spendere una fortuna dallo psichiatra. Se ti azzardi a dire mezza parola ti rinfacciano che non sono stati loro a chiederti di venire al mondo. A dire la verità, ho sempre considerato i figli la più grande disgrazia che possa capitare a un uomo. In assoluto. Senza contare che entro quarant'anni, o forse già trenta, la Terra farà in modo di sbarazzarsi per sempre del genere umano. Non ha alcun senso mettere al mondo dei figli, ormai.»

Lei si mette a ridere.

«Che c'è da ridere, scusa?»

«Niente.» Spegne la sigaretta. Mi afferra il polso e controlla il mio orologio. «Mi sa che tra poco devi tornare dalla tua mogliettina. Ma forse abbiamo ancora un po' di *leisure-time.*»

«*Leisure-time?* Che significa?»

Mi mette una mano sulla patta. Poi si protende verso di me, e prende a leccarmi un orecchio. Prima ha voluto fare sesso anale. Sento subito muoversi qualcosa.

«È inglese. Ora ti spiego.»

Palermo è un'orgia di bandiere italiane e della Nazionale e di venditori di bandiere italiane e della Nazionale che a ogni angolo smerciano oltre a nuove bandiere italiane e della Nazionale anche magliette azzurre della Nazionale con i nomi e i numeri dorati dei calciatori della Nazionale, nonché trombette da stadio e fischietti e distintivi e portachiavi e magliette rosa del Palermo e sciarpe sia del Palermo sia della Nazionale, no, dico, *sciarpe*, vorrei sapere quale essere umano sano di mente possa prendere anche solo in considerazione l'idea di comprarsi una sciarpa a Palermo con questo caldo mostruoso, ci saranno come minimo sessanta gradi, ma dato che le sciarpe sono in vendita evidentemente qualcuno che le compra c'è, ci deve essere, sono le famose leggi della domanda e dell'offerta, e mentre dai finestrini delle altre auto fuoriesce ossessivo un ritornello che fa PO-POPOPO-POPO-PO, e frotte di motorini sbucano da ogni parte, cerco inutilmente di avvistare il parcheggio che non c'è, come la celebre isola che non ho mai capito qual è. Forse perché non c'è, appunto.

«Ma non è possibile!» si lamenta Benedetta. «Sono due ore che giriamo! Un posto dovrà pure saltare fuori!»

«Al limite facciamo così: io ti aspetto in auto sotto il laboratorio, e l'esito dell'esame lo ritiri tu.»

«A me non lo danno. Devi ritirarlo di persona.»
«Anche se sei mia moglie?»
«Dovresti farmi tipo una delega, credo. Ehi! Guarda! Quello là ha appena messo in moto! Se ne va!»
Accelero immediatamente. Controllo gli specchietti. Aziono la freccia. Ma poi sento il trillo del cellulare che uso per comunicare con mia madre. Lo recupero.
«Pronto... ciao mamma... sì tutto bene... sto benissimo, grazie... no, non lo tenevo spento... si vede che non c'era campo... ho capito... va bene... certo... sì, stai tranquilla... non preoccuparti... va bene... sì, te la saluto... ciao.»
Un palermitano più svelto di me mi ha preceduto, piombando a razzo sul posto che stava per liberarsi.
«Cazzo! Cazzo! Cazzo!» sbotta Benedetta. «C'eravamo troppo prima noi! Diglielo!»
«Sei matta? Non voglio certo mettermi a litigare per un parcheggio con un palermitano.»
Borbotta qualcosa, credo sul rapporto tra me e mia madre. Decido di ignorarla.
Per un altro quarto d'ora continuiamo a girare inutilmente. Da un punto di vista statistico, rilevo come a Palermo non esista una singola auto senza una qualche ammaccatura. Faccio del mio meglio per non adeguarmi agli usi locali. Alla fine mi arrendo.
«Stammi a sentire», dico a Benedetta. «Ora lascio l'auto in tripla fila e vado a farmi dare l'esito. Se per caso arriva un vigile, digli quello che ti pare.»
«Non ci pensare nemmeno», mi fa lei. «Resti qui tu, e a ritirare l'esito vado io.»
«Ma non hai la delega.»
«Mi è venuta un'idea.»
Fermo la Rover. Benedetta scende e scompare oltre la porta a vetri del laboratorio. Mi preparo a una lunga

attesa, invece passano due secondi ed è di ritorno. In mano stringe una busta.

«Come hai fatto?» le chiedo.

«Venti euro.»

Apre febbrilmente la busta. Estrae il responso. Aspetto.

«Luca! Ma che figata! Sei a postissimo! I tuoi spermatozoi sono strasuper in forma! Praticamente non vedono l'ora di procreare!»

Grandioso, penso, mentre lei si sbottona i jeans per controllare le mutande. Riparto.

TRENTASEI

È l'una e mezza di notte. Benedetta dorme già. Per fortuna ieri i risultati sulla mia fertilità l'hanno messa di buonumore. Ma dato che stamattina l'aggeggio ha prodotto la lucina verde, e non c'erano segni di ovulazione, lei ha deciso di risparmiare il mio prezioso liquido seminale e dopo cena abbiamo potuto fare a meno di metterci a procreare. Sto leggendo i giornali alla luce della lampada che sta sul mio comodino. Come al solito evito lo sport: pare che la Nazionale italiana abbia battuto in semifinale la Germania, e che domenica si giocherà a Berlino la Coppa del Mondo contro la Francia. Ieri sera infatti c'era il solito casino di auto e di clacson. Figurati se vincono anche l'ultima. Roba da matti… «Libano: l'aviazione israeliana fa strage di bambini a Cana… In Italia scoppia il caso Bambi. Il Ministro Pecoraro Scanio: non staremo certo a guardare… Ennesimo sbarco di clandestini a Lampedusa...» A un tratto sento arrivare un sms sul cellulare di lavoro. Da qualche giorno lo tengo acceso nel caso Andrea si faccia viva. Mi allungo fino al lettino supplementare dove ho posato i pantaloni. Frugo nelle tasche. Lo trovo. Apro la finestra *messaggi*. Apro la finestra *ricevuti*. Do un'occhiata al numero del mittente. 0049 eccetera. Che figo! È lei! Tutto gasato, leggo: SONO INCINTA.

TRENTASETTE

«Luca!»

Oh, mio Dio.

«Luca! Dove sei?»

Si è già svegliata.

«Luca! Rispondi!»

È giorno.

«Luca! Ma allora sei qui!»

Benedetta è uscita dal bungalow.

«Luca! Che hai?»

Non ho chiuso occhio.

«Stai male?»

«Uh... no... cioè, sì...»

«Come mai?» mi chiede Benedetta, in piedi davanti a me fuori dal bungalow. Ondeggia. O forse è a me che gira la testa.

«Ehm... la cena... di ieri sera...»

«Non hai digerito?»

«No...»

«Che cosa?»

«Credo... la pasta coi ricci...»

«Oh, mi spiace troppissimo. Ma da quant'è che te ne stai qui fuori?»

«Da... stanotte.»

«Non hai dormito?»

«Non molto, no.»

«Hai tipo vomitato?»
«Uhm... sì, credo... di sì. Ho... tipo... vomitato.»
«Ma è la seconda volta in pochi giorni! Mio Dio, che occhiaie! E sei pallidissimo! Sembri un vampiro! Vuoi che chiamiamo un medico? Lo so che siamo in Sicilia, ma magari ne troviamo uno milanese in vacanza. Pensa che Tarita una volta è stata troppo male in Thailandia, e combinazione nel suo villaggio ce n'era uno di Varese!»
«Ma che dici? No, no, nessun medico, grazie. È solo che... ho esagerato. Ho esagerato con... la pasta coi ricci.»
«Vuoi che ti faccio qualcosa di caldo? Un caffè?»
«No, grazie.»
«Sicuro?»
«Sicuro.»
«Mi aspetti solo un secondo, che vado a controllare come butta stamattina?»
«Vai, vai pure», le dico.
Rientra nel bungalow. Spero solo che quell'aggeggio produca di nuovo la lucina verde, perché di scopare proprio non mi va. Cicale e tortore hanno già attaccato a fare il tifo. Ma oggi non ce n'è. Meno che mai. Oltretutto mi fa anche male il ginocchio. Porto una mano alla nuca. Controllo la situazione. Ieri avevo più capelli, ne sono sicuro.
«LUCA!»
Che le piglia?
«LUCA! AMORE MIO! VIENI A VEDERE!»
Oh, no, penso. Sarà uscita la lucina rossa.
«LUCA! CORRI!»
«Scusa amore, ma non sto proprio bene... Non puoi uscire tu?»
Si precipita.

Solo che non porta fuori l'aggeggio.
Porta un sorriso grosso come una casa.
E una barretta di plastica bianca.
Allora. Solo allora.
Una frazione di secondo.
Prima che me lo dica lei.
Capisco.
Dopodiché, me lo dice.
«LUCA!» dice.
«È UFFICIALE!» dice.
«ASPETTIAMO UN BAMBINO!» dice.
«SONO INCINTA!» dice.

TRENTOTTO

Che cazzo faccio? Che cazzo faccio che cazzo faccio che cazzo faccio? Com'è che prima non riesco a metterne incinta una e poi ne metto incinte addirittura due? Mi aveva detto che prendeva la pillola. *Mi aveva detto che prendeva la pillola.* Me lo ricordo benissimo. A Erice, quando l'abbiamo fatto la prima volta. Stavo per venire e pensavo di togliermi all'ultimo momento ma lei mi ha detto *stai tranquillo vieni pure che tanto prendo la pillola.* Me le sento ancora nelle orecchie, quelle parole. Vatti a fidare di una ragazzina di diciassette anni. Oltretutto in vacanza. Una matta che in vacanza surfa appesa a un kyte. Chissà quante volte si sarà dimenticata di prenderla. Perché? Perché? Perché? Perché proprio a me? Che ho fatto di male? Spero che almeno lei decida di abortire. Vuole diplomarsi, andare a studiare a Londra. Abortire, deve abortire. Deve abortire per forza. A meno che non l'abbia già detto a sua madre. Sua madre chissà come reagirebbe. Cazzo, se per caso l'ha detto a sua madre sono finito. Capace che quella chissà per quali sue ragioni contorte si mette in testa di dirlo a Benedetta. Ma no, con sua madre non ha parlato. Andrea non è il tipo. O magari sì. Chi la conosce? In fondo abbiamo chiacchierato un po' solo l'altro giorno su in pineta. Tra l'altro è pure minorenne. Sì, minorenne ma consenziente. Perché comunque è stata lei a volermi scopare. È stata lei quel pomeriggio a Erice a mettermi le mani addosso. A spogliarsi nuda. Come cazzo fai a rigare dritto quando ti trovi davanti a una di diciassette anni che si spoglia nuda e vuole che te la scopi? Per giunta con due tette così, il piercing ai capezzoli e la fica rasata?

Io non volevo. Io stavo solo cercando di ritrovare Benedetta. Se Benedetta non fosse corsa via a quel modo piantandomi lì in mezzo a quel gruppo di turisti americani, Andrea e io non ci saremmo mai incontrati in quella strettoia, e non sarebbe successo assolutamente niente. I giornali. È tutta colpa dei giornali. Della mia mania di leggere i giornali. Non avrei dovuto leggere i giornali, quella mattina. Se quella mattina non avessi letto i giornali non avrei poi raccontato a Benedetta della plastica che attraverso i pesci è entrata nella catena alimentare pregiudicando la nostra capacità di riprodurci, e lei che non vedeva l'ora di riprodursi non si sarebbe incazzata e non sarebbe corsa via sparendo nelle viuzze di Erice e io non mi sarei imbattuto in quella ninfomane minorenne. Che tra parentesi la storia della plastica che è entrata attraverso i pesci nella catena alimentare pregiudicando la nostra capacità di riprodurci è una *grandissima stronzata*, perché è quasi un mese che mangio pasta coi ricci e mi sto riproducendo eccome. Ed è colpa di quei cazzo di scienziati bastardi che sparano solo cazzate su cazzate e dei giornali che le riportano se ora mi ritrovo ad averne messe incinte due, dico due, una di trentuno e l'altra di diciassette anni, altro che plastica e pesci e catena alimentare e vaffanculo.

Non dovevamo venire in Sicilia. Soprattutto non dovevamo venire in Sicilia in viaggio di nozze. Sarebbe stato meglio andare da qualsiasi altra parte. Nello Yemen dove ti rapiscono. A Bali dove mettono le bombe. Perfino a Haiti o in Sudafrica, che se sei bianco ti può capitare di tutto. O in Vietnam, Laos e Cambogia, anche se pullulano di mine antiuomo. Qualsiasi posto, qualsiasi posto, qualsiasi posto era meglio della Sicilia. No, non dovevamo venire qui. Me lo sentivo. Dopo quello che era successo a papà non avevo mai voluto tornarci. Ma Benedetta insisteva, insisteva, insisteva. *Così mi fai vedere i luoghi della tua infanzia e adolescenza.* Eccoli qua, i luoghi della mia infanzia e adolescenza. Piaciuti?

Papà ti prego aiutami. Papà ti prego fai qualcosa. Lo so che ci sei, da qualche parte. So che mi vedi. Ho sbagliato. Ho tanto sbagliato. Ma non volevo fare del male. Non ho mai voluto fare del male a nessuno. Ho solo commesso una leggerezza. Non volevo scoparmi quella ragazza. Non volevo tornare qua. Non volevo nemmeno sposarmi, credo. Ho solo commesso una leggerezza. Solo una leggerezza, ecco.

Sento il trillo del cellulare che uso per comunicare con mia madre. Lo ignoro.

TRENTANOVE

L'appuntamento ce lo siamo dati di nuovo a Mozia. A Benedetta ho raccontato che andavo a farmi un'altra gita in canoa. Lei era al cellulare che urlava superlativi con Tarita. Ha fatto di sì con la testa, non so neanche se ha capito. Comunque quando mi sono girato per un istante prima di svoltare sulla litoranea mi ha sorriso e mi ha salutato con la mano libera, segno che potevo andare senza farmi troppi problemi. Più tardi, quando sono arrivato sull'isola, lei stavolta non c'era. Mi sono seduto sulla riva a guardare il mare, e gli edifici gialli di Marsala lungo la costa al di là dello specchio d'acqua dello Stagnone. Da bambino certi pomeriggi prendevo la bicicletta da corsa Bianchi che mi aveva regalato papà per i miei dieci anni e durante l'orario di chiusura dei negozi mi lanciavo a tutta velocità lungo il Cassero deserto, poi sbucavo da Porta Nuova e sfrecciavo davanti al Cinema Impero e imboccavo la strada immersa nel verde che porta a Capo Libeo, e una volta lì smontavo dalla bici e scendevo tra le rocce e andavo a sedermi su un bunker costruito dai tedeschi durante l'ultima guerra, e anche allora guardavo il mare. Quello era il limite estremo dell'Italia, a scuola la maestra ce lo diceva un giorno sì e l'altro pure, e al di là del mare c'era tutto il resto del mondo, e io mi dicevo che da grande avrei viaggiato tantissimo, e che il mondo sarebbe stato mio, tutto. Non mi rendevo conto, all'epoca, di com'era la vita. Non mi sfiorava nemmeno per sbaglio l'idea che chissà quante di quelle persone che vedevo ogni giorno intorno a me, più o meno segnate dall'esistenza, si erano sedute prima di me più o meno in quello stesso punto, avevano guardato più o meno lo stesso mare e avevano fatto più o meno gli stessi pensieri. Poi erano diventate grandi, ma nella maggior parte dei casi non si erano mai mosse da Marsala. E se lo avevano fatto, come ho fatto io, un giorno avevano capito che il mondo non era loro, né lo sarebbe mai stato, per quanti posti potessero vedere tra quelli che lì, dove la terra sembrava finire, avevano sognato.

No, ho pensato, quando poco fa ho visto Andrea scendere dal battello che l'ha portata a Mozia, il mondo non è mio. Non lo sarà mai.

Ci siamo guardati. Le ho accarezzato una guancia. Lei mi ha sorriso col suo apparecchio per i denti. Senza dire una parola ci siamo avviati verso il punto tra gli alberi dove l'altra volta aveva ripiegato il kyte.

«Ma sei sicura?»

«L'hai detto a tua madre?»

«Hai deciso che fare?»

«In che senso vuoi che io mi prenda le mie responsabilità?»

«Cazzo Andrea non posso!»

«Andrea tu non capisci mi sono appena sposato!»

...ma lei si divincola cerca di strappare via le mie mani dal suo collo guardandomi con quegli occhi azzurri che le escono fuori dalle orbite le sue lentiggini l'apparecchio per i denti i capelli biondi tagliati corti scalcia ha la faccia tutta rossa stringo le mani le stringo forte sempre più forte lei geme ma non come quando facevamo l'amore gli occhi gli occhi gli occhi no Luca no che cazzo fai non puoi lasciala lasciala lasciala…

Andrea tossisce. Respira a fondo e tossisce forte.
«Ma… tu… sei… pazzo», mi fa.
Si porta le mani al collo.
I segni delle mie dita.
«Tu… volevi… uccidermi.»
Continua a tossire.
Ma respira.
«Sei… tutto… matto.»
Le mie mani.
Tremano.
Gli occhi mi bruciano.
Sono due notti che non dormo.
«Ti… volevo… solo… prendere… in giro.»
La guardo a bocca aperta.
«Non sono… incinta… stronzo.»

QUARANTA

E poi Trézeguet sbaglia il rigore e il bar esplode e abbraccio Benedetta CAMPIONI CAMPIONI CAMPIONI CAMPIONI siamo tutti CAMPIONI e lei nel PO-POPOPO-POPO-PO generale riesce a sentire non so come il trillo del cellulare TARITA! MA HAI VISTO? MA È STRAFIGHISSIMO! SÌ, TROPPISSIMO! ANCHE QUI! C'È UN CASINO DELLA MADONNA! SIAMO CAMPIONI! SIAMO TUTTI CAMPIONI! PENSA CHE NOI ABBIAMO CONCEPITO DURANTE I MONDIALI! SE È MASCHIO LO CHIAMIAMO FABIO, COME CANNAVARO! OPPURE MARCELLO, COME LIPPI! CHE DICI? NON SENTO!

Finito di stampare nel mese di aprile 2009
dalla S.A.T.E. s.r.l. di Zingonia (BG)